좌파 고양이를 부탁해

김봄 에세이

차례

1부

1부

아담

바라

손 여사와 김 작가

여름 한 달 동안 프랑스에 다녀올 일이 생겼다. 모든 준비를 다 마쳤지만 딱 하나 정리하지 못한 게 있었다. 나는 손 여사에게 언제나처럼 '같이 저녁이나 먹자'는 문자 메시지를 보냈고, 손 여사도 언제나처럼 '알았어'란 답을 보내왔다.

외출하고 돌아온 손 여사가 앞장을 섰다.

"저녁으로 뭘 먹고 싶어?"

내가 넌지시 묻자 손 여사가 몸을 홱 돌리고 묻는다.

"뭔데, 또?"

뜨끔했지만, 우선은 대충 얼버무렸다. 손 여사와 나는 한 걸음씩 앞서기도, 뒤처지기도 하며 나란한 듯 나란하지 않게 걸었다.

잠시 고민하던 손 여사는 요즘 달달한 게 당겼다며 콕

찍어 롯데리아 팥빙수가 먹고 싶다고 했다. 그래서 우리는 롯데리아에 가서 가성비 좋은 팥빙수와 아이스커피를 사이에 놓고 마주 앉았다. 손 여사는 하얀 연유가 잔뜩 묻은 팥 앙금을 입에 넣으며 불쑥 말을 꺼냈다.

"쌀집 아줌마 실명했잖아."

쌀집은 옆집을 두고 하는 말이다. 지금은 장사를 하지 않지만 오래전에는 쌀집을 했기에, 우리는 으레 그렇게 불렀다. 나는 쌀집 아줌마가 백내장에 걸려 수술을 몇 번 했다는 것까지는 알고 있었다.

"근데, 아저씨가 왜 안 보여, 요새."

"호스피스 병동에 들어갔잖아."

손 여사의 목소리가 사뭇 쓸쓸했다.

30년도 넘게 이웃으로 지냈지만 내 기억 속에 쌀집 아저씨의 모습은 그다지 좋게 남아 있지 않았다. 지금은 죽고 없는, 우리가 키우던 개 띵띵이를 향해 발길질을 하고 끌끌 웃음을 흘리던 모습이 제일 먼저 떠오르는 걸 보면 말이다. 작은 짐승에게 그렇게 거칠고 위협적이던 아저씨가 자기에게 남은 숨들을 천천히 나눠 쉬고 있을 거라고 생각하니 나 역시 쓸쓸해졌다.

우리는 잠시 말이 없었다.

"옥상에 꽃이 피었더라."

목화를 두고 하는 소리였다.

손 여사는 꽃을 좋아한다. 손바닥만 한 흙이라도 있으면 무언가라도 꼭 심었다. 뭔가가 자라고 꽃이 피고, 열매를 맺는 것을, 보는 걸 좋아했다. 그건 나도 마찬가지다.

나는 동덕여대로 출강을 하고 있는데, 동덕여대의 교화가 목화다. 교문 앞에는 경비 아저씨들이 매년 심어 키우는 소담스러운 목화밭이 있다. 나는 지난해, 그 목화밭에서 목화씨 몇 개를 채집해두었더랬다. 그리고 봄에 배양토를 사다가 목화씨를 묻었다. 몇 번 진드기가 꼬여서 약을 치긴 했지만 그 외에는 별다른 문제없이 잘 컸다. 여름에 접어 들어서는 매일이 다르게 아이보리 빛 목화꽃이 피고 지는 중이었다.

"꽃집에서 산 오이 모종은 죄다 죽어버렸어."

동네 꽃집에서 팔던 모종이 하품下品이었다며 며칠 버티지도 못하고 죽어버렸다고 토로하자 손 여사는 고개를 몇 번 끄덕였다. 나는 성치도 않은 걸 파는 모양이라고 종알종알 불평을 해댔고, 손 여사는 듣는 둥 마는 둥 고개를 몇 번 끄덕이더니 불쑥 남동생 이야기를 꺼냈다.

남동생은 손 여사 부부와의 합가를 강력히 원하고 있었는데, 손 여사는 그걸 또 결사반대하는 입장이었다. 어차피 '하우스 푸어'인 손 여사 부부의 집을 팔고 그 돈으로 살림을 합쳐 좀 너 넓은 아파트를 분양받게 된다면 서로가 좋은 게 아니냐는 게 남동생의 생각이었다.

하지만 손 여사의 생각은 달랐다. 전세로 꽉 찬 건물을 정리해 몇 푼 손에 쥐고 살림을 합친다면 그건 창살 없는 감옥에 갇히는 것이나 마찬가지라는 것이었다. 남동생이 말하는 대로 화장실 딸린 가장 큰 방을 손 여사에게 준다고 해도 그건 중요한 게 아니라고 했다. 어느 순간, 맞벌이를 하는 동생 내외를 대신해 그들의 자식들까지 떠맡게 될 게 뻔하며, 지금은 두 사람 살림만 하면 되는데, 공연히 여섯 식구 살림을 맡게 될 거라고, 함께 살자는 게 아니라 종살이할 사람을 찾는 거라고 격앙된 목소리로 말을 이었다. 종국에는 인연을 끊자는 이야기까지 하면서 갈라지게 될 텐데, 그때에 가서는 손 여사 부부의 돈을 회수할 수가 없어 질질 끌려다니게 될 거라는 거였다.

손 여사의 표정은 실로 진지했다. 며칠 전 통화했던 남동생도 비장하긴 마찬가지였다. 한 번도 손 벌린 적이 없으니 이번에는 손 여사가 해줄 수 있다면 해주면 좋겠다는, 기대와 요구가 섞인 목소리였다.

손 여사가 성이 나면 불리한 건 나였다. 점점 분위기가 심각해져가고 있으니 타이밍을 어떻게 타고 넘어가야 할지 속이 타기 시작했다. 목 뒤에 나오지 못한 말들이 간질간질 속을 건드렸지만 차마 말을 꺼낼 수가 없었다.

코리안 쇼트헤어 아담은 배변장애가, 페르시안 친칠라 바라는 빈뇨 증상이 있어서, 화장실과 물 관리에 좀 더 많은 신경을 써야 했다. 둘 다 여느 고양이들처럼 호기심은 많으나 소심하고, 집고양이들처럼 겁이 너무 많아 주변 환경에 지나치게 영향을 많이 받기 때문에 임시 보호를 맡기는 것도 힘들었다.

어쩔 수 없이 그럴 때마다 나는 손 여사에게 고양이들을 부탁해 왔었다. 옥탑에 살고부터는 더 자주 손 여사의 손을 빌렸다. 매번 짜증 섞인 목소리를 내긴 했지만 손 여사가 부탁을 거절한 적은 없었다.

하지만, 이번에는 달랐다. 이미 1월에 작가 교류 프로그램으로 인도에 한 달간 다녀온 일이 있어 더 그랬다. 손 여사는 추운 겨울에 내가 사는 옥상을 오르내리는 게 너무 힘든 일이었다며 몇 번이나 잔소리를 해댔다. 고양이 둘 중 하나는 갖다 버리라는 말도 서슴지 않았다. 혹여나 내가 없는 사이 손 여사가 그런 사달을 낼까 봐 두려운 맘도 들었다. 그런 마음이 들 때마다 나는 우리 애들도 나한테는 자식이나 다름없다며 목에 핏대를 세웠다. 덧붙여 조카 몇의 이름을 거들먹거리기도 했는데, 걔네들한테도 그럴 수 있느냐고 눈을 치켜뜨며 성을 냈다.

언제나 돌아오는 말은 같았다.

"미치려거든 곱게 좀 미쳐."

손 여사와 김 작가

돌봄은 애프터서비스가 아니야

손 여사는 다섯 자녀들의 자식들, 그러니까 손자들을 단 한 번도 봐준 적이 없다. 하나를 봐주기 시작하면 줄줄이 봐줘야 하고, 그렇게 되면 골병이 든다는 게 손 여사의 지론이었다. 손 여사의 입장에서 보면 지극히 마땅한 논리였고, 주장이었다.

하지만 어디 그게 맘처럼 되느냐 말이다. 어쩔 수 없는 상황은 언제나 생기기 마련인데, 손 여사에게는 그런 게 통하지 않았나.

"눈에 넣어도 안 아픈 손주들인데, 그걸 못 봐줘?"

라고 따지면,

"나는 손자들 눈에 넣어도 안 아프다는 말은 못 하겠어. 그 정도로 좋은 게 뭔지 모르겠단 말이지."

손 여사는 이렇게 솔직하게 받아쳤다.

손 여사는 자기 감정에 충실한 사람이었다. 좋은 것은 분명하게 의사 표시를 했고, 싫은 것은 더욱더 확실하게 싫은 티를 냈다.

나를 안고 행복한 표정을 짓고 있는 손 여사의 얼굴이 떠오른다. 물론 내 기억은 아니다.

손 여사가 어린 나를 안고 좋아하고 예뻐했다고 증언해준 사촌 오빠들의 말 때문에 갖게 된 이미지다. 나는 그 말을 듣고 나서부터 아기 때의 나를 떠올릴 때면 행복이 충만한 얼굴을 한 손 여사와 방긋 웃는 민머리 아기인 내가 그려진다. 마치 내가 겪은 일처럼 내가 가공한 이미지를, 내 상상을, 기억처럼 떠올리고 있는 것이다.

언제나 상상이 기억을 이기기 마련이니까.

아무튼 손 여사는 큰언니가 둘째 딸을 낳을 때에도 정말로 중요한 일정이 있다며 손사래를 쳤다. 첫 손녀를 봐줄 수 없다고 말이다. 형부는 함께 병원에 가야 했고, 사돈어른은 당시 절대 봐줄 수 없는 일이 있었다. 통상 친정엄마인 손 여사가 큰손녀를 봐주면서 큰언니의 출산을

돌봄은 애프터서비스가 아니야

기다리는 것이 마땅할 것처럼 생각되지만, 손 여사는 절대 그럴 수 없다고, 펄쩍 뛰며 고개를 저었다.

"엄마, 무슨 독립운동 하러 다녀?"

그때, 나는 손 여사에게 이렇게 쏘아붙였다.

"내가 없으면 안 되는 자리라 그래."

손 여사의 얼굴에는 민족투사의 비장함이랄까, 감히 나간다고 하는 걸 막아세울 수 없는 진지함이 잔뜩 담겨 있었다.

손 여사는 기어이 모임에 나갔고, 조카는 내게 맡겨졌다. 나는 종일 조카를 데리고 다녔다.

한번은 부모님 집 길 건너에 살던 둘째 언니가 간곡히 부탁을 하고 또 해서, 다섯 살도 안 된 조카를 맡기고 잠시 외출을 한 적이 있었다. 둘째 언니가 외출에서 돌아왔을 때에는, 조카가 손 여사를 보고 있더란다. 당시 손 여사는 정신없이 낮잠 중이었다고.

다른 엄마들 이야기를 하며 비교를 하면, 손 여사는 언제나 당당히 말한다. 이미 자식들 다 키웠으면 된 거

지, 그 자식들의 자식들을 어쩌란 거냐며 어깨를 으쓱
해 보인다.

애프터서비스가 아니라는 말이다.

좌파 고양이를 부탁해

돌봄에 대해 확실한 자기 생각을 가지고 있는 손 여사에게 나는 프랑스에 가 있는 동안 고양이를 맡겨야 했다.

"서로 의지할 필요가 뭐가 있어. 각자 사는 거지."

남동생 이야기를 하며 손 여사가 호기롭게 말했다. 맞는 말이다. 전적으로 동의한다. 단순히 손 여사의 기분을 살피기 위해 편을 드는 게 아니다. 전에는 이런 생각의 차이를 오해하고, 서럽게 받아들이던 때가 있었지만 지금은 손 여사가 엄마로서 사는 게 아니라, 한 개인으로 사는 것이 훨씬 더 낫다고 생각한다.

어느 순간 부드러워진 분위기 속에서 나는 은근한 목소리로 프랑스에 다녀오겠다는 말을 건넸다. 순간, 팥빙수를 뜨던 손 여사가 숟가락질을 멈추고 나를 쳐다봤다.

"뭐?"

‘웩’ 소리에 가까운 ‘뭐’였다. 예상은 했지만 손 여사의 표정이 일순간 무너졌다.

잠시 정적.

“짜증 나.”

손 여사는 진심 짜증이 난 얼굴로 나를 노려봤다. 그래도 다행이었다. 짜증이 나지만, 봐주기는 한다는 소리니 이제 마무리만 잘하면 되었다.

나는 손 여사에게 맥주나 한잔하겠느냐고 물었고, 우리는 곧 동네 치맥 집으로 향했다.

닭 한 마리와 버드와이저를 사이에 두고 다시 마주 앉은 손 여사와 나.

“생맥주 안 시키고.”

“이게 맛있어.”

“돈 아껴라.”

“……”

"(몇 모금 꿀꺽) 부드럽고 맛있네. 이름이 뭐야?"

"……버드와이저. 미국 거야."

또다시 정적.

"어디 간다고?"

"프랑스 친구 집에."

"친구 누구?"

"인도에서 만난 친구."

"여자?"

"처음엔 남자 부부, 그다음에는 화가 언니들 집에 가."

"남자? 부부?"

"응, 게이 부부야."

"뭐? 게이……? 하여튼간 좌파 정권이 다 망쳐놨어. 아주, 큰일이야."

게이 소리가 나오자 손 여사는 정부와 서울시장을 끌어내렸다.

여기서 잠깐. 나는 손 여사가 서울시장의 성 소수자들

에 대한 관점을 이렇게 자세히 알고 있다는 것에 우선 놀랐다. 서울시청 앞 광장에서 있었던 성 소수자 행사와 맞불 행사, 기독교 신자들의 반대 등등 정도만 알고 있었는데, 손 여사는 생각보다 자세하게 이야기를 펼쳤다. 물론 격앙 플러스.

"뭘 그렇게까지 할 일이야, 그게. 각자 사는 거라며. 각자 좋다는데 엄마가 그렇게 펄쩍 뛸 게 뭐야. 남의 감정을 가지고."

한참 시장 욕을 하던 손 여사가 뭔가 떠오른 듯 말을 멈췄다. 그리고 냅킨으로 양 입 끝을 찍어내며 조심스레 물었다.

"……혹시, 너도 게이야?"

손 여사의 입에서 그런 말이 튀어나올 줄은 몰랐다. 나도 모르게 피식 웃음이 샜다.

"엄마, 그런 거 묻는 거 아니야."

"뭐래. 그래서 지금 혼자 그러고 사는 거야? 그런 거야?"

손 여사는 턱까지 치켜올리며 물었다.

불과 몇 년 전만 해도 손 여사는 다른 말을 했었다. 이 좋은 세상, 어차피 결혼은 여자에게 손해인데 그렇게 살 필요가 있느냐고, 다 괜찮으니, 너는 너 하고 싶은 거 다 하고 살라고, 즐기면서 살면 된다고 말이다.

그런데 마흔 중반에 들어선 나를 보고 있자니, 그런 생각이 쏙 들어가나 보다.

"아빠랑 살아서 좋아?"

내가 입을 삐죽이며 묻자

"그건 아니지."

솔직하게 답한다.

"그럼 더 이상 권하지 마."

"너 그러다가 늙어 후회한다."

손 여사가 말했다. 나는 맥주를 한 병 더 시켰다.

"지금 좌파들이 무슨 짓들을 하고 있는지 알아?"

손 여사는 맥주를 한 모금 들이켜고 말을 이었다.

"박정희 대통령 무덤에 철심을 예순한 개나 심어놨

어. 기를 다 끊어놓으려고. 끌어내려서 감옥에 가뒀으면 됐지. 독한 좌파들. 어떻게 그렇게까지 하냐."

"뭔 소리야, 그게."

"배웠다는 년이 그것도 몰라. 국립묘지 관리자가 나와서 인터뷰도 하고 그랬는데."

"엄마 설마 그걸 진짜로 믿어서 하는 이야기야?"

"옴마, 애 봐. 지금 좌파들이 언론을 죄다 탄압하고 하니까 밖으로 이야기 안 나오는 건데. 그걸 몰라?"

"엄마, 그럼 세상이 난리가 안 났겠어? 아무것도 안 해도 태극기 들고 난리를 치는 사람들이. 뭘 말이 되는 소리를 해야 들어주지. 어디 가서 그런 소리 하고 다니지 마."

"좌파들, 정말 무섭네. 이렇게 진실 보도를 안 하니."

"엄마 무슨 학원 다녀, 그런 말을 다 어디서 배웠어?"

혀를 차며 진심 어이없어하는 손 여사를 보고 있자니, 더 갖다 붙일 말이 없었다.

그런데, 잠깐. 손 여사가 정치 이야기를 이렇게 잘했

좌파 고양이를 부탁해

던가? 의아한 것도 잠시, 손 여사의 저 진실한 표정을 보는 내가 부끄러워졌다.

"엄마! 다 가짜뉴스라니까. 그걸 진짜 믿는 사람이 있네, 있어. 그거 유튜브 같은 거 계속 보고 그러니까 지금 세뇌돼서 그러는 거 아냐!"

내 목소리가 커지자, 손 여사는 한 대 쥐어박기라도 할 듯이 주먹을 들었다 말았다.

"이 빨갱이. 너도 큰일이다."

손 여사는 개탄의 한숨을 내쉬었다.

"정신 건강을 위해서 정치 이야기는 안 하는 게 좋겠어! 이제부터 엄마랑은 절교야."

그때 손 여사 왈,

"빨갱이 좌파 고양이는 안 봐줘."

나는 잠시 어이가 없었지만, 부탁하는 입장에서 더 지를 수는 없었다.

"십만 원 먼저 줄게."

인도에 다녀올 때는 삼십만 원을 줬었다.

"어머, 얘 봐. 그걸로 안 돼!"

물론 펄쩍 뛰는 작위적인 제스처와 표정은 덤이다. 손 여사는 상황에 맞는 행동언어가 아주 많은 편이다.

"그럼 이십. 프랑스 물가가 비싸."

"알았다. 일어나자. 아빠 기다린다."

우리는 정치적으로는 엇갈렸지만 자본주의 안에서 원만한 합의를 끌어냈다. 이런 게 교섭일까?

어쨌든 손 여사랑은 정치적으로 절교.

COME BACK HOME

집으로 돌아와 살기 전, 나는 방배동의 한 개방형 원룸에 살았다. 볕이 잘 드는 집이었고, 베란다가 넓어 내가 좋아하는 나무와 꽃을 심고 키우기 좋았다. 파프리카를 먹고 씨앗을 받아 배양토에 뿌려 싹을 틔웠고, 그런 식으로 가지도, 오이도, 아보카도도 키웠다.

낮긴 했지만 다락방도 있었는데, 나는 그곳을 침실로 사용했었다. 매트리스 위에 누워 천장을 보면 쪽창으로 난 하늘이 보였다. 밤하늘도, 새벽하늘도, 한낮의 하늘도…….

「맨홀」이라는 단편을 쓰기 시작할 때였다. 소설의 시작은 단순했다. 신문기사에서 본 한 줄이 강렬하게 나를 흔들었고 나는 그 이야기를 소설로 써 보기로 마음먹었다.

'모텔에서 신생아 홀로 아사.'

아사! 그 말이 왜 그렇게 깊이 박혔는지 모르겠다.

보도 내용은 이랬다. 부산의 한 모텔에서 홀로 아기를 낳은 여중생 A양. 어느 날 근처 나이트클럽에 갔다가 B군을 만나 3일간 돌아오지 않았다. 아기를 혼자 두고, 무려 3일을.

A양이 돌아왔을 때 아기는 이미 죽은 후였다.

배가 고파서.

나는 아기를 낳아보지도, 키워보지도 않은 사람이지만, 태어나 얼마 안 된 아기들이 얼마나 자주 밥을 먹어야 하는지는 잘 알고 있었다. 조카가 다섯 명이나 되니까(당시 상황으로는).

나는 죽은 아기에게 '입'을 주고 싶었고, 그렇게 소설이 시작되었다.

하지만, 소설은 끝 간 데 없이 나를 절망으로 떨어뜨렸고, 나는 매일 혼란 속에서 괴로워했다. 한 번도 본적 없는 어떤 아기가, 나를 끊임없이 흔들었다. 매일 꿈에 다른 모습으로 나타났고, 앙앙 울음을 울다가 떠났다. 도저히 잠을 이룰 수 없었다.

나는 침대 위에 텐트를 치고 그 안에서 잠을 잤다. 그렇게라도 나를 작은 곳에 넣고 싶었다. 이유는 알 수 없었지만, 그렇게라도 해야 숨 쉬는 게 한결 편해졌다.

나도 안다, 그게 얼마나 이상하게 보일지는.

그 시절, 손 여사는 가끔 내 집을 다녀가곤 했다. 내가 없을 때 고양이를 봐주러 오는 게 다였지만 내 집은 언제나 손 여사에게 열린 공간이었다.

공교롭게도 손 여사가 전화를 건 날, 내 전화는 먹통이었다. 자주 꺼지는 현상 때문에 전화기 교체를 고려하고 있을 때였다. 내가 전화를 받지 않자 손 여사는 몇 번이고 계속 전화를 걸었고, 연결이 안 되는 시간이 늘어날수록 공연하고 위험한 상상을 키워 갔다. 하루 반나절 일정으로 여행을 떠났던 나는 손 여사의 속이 타들어 가는 건 알지도 못한 채 내 복잡한 머릿속을 비워

내고 있었다.

어릴 때도 그랬다. 손 여사는 내가 늦거나 전화를 안
받으면 받을 때까지 전화를 하곤 했는데, 그건 나이를
먹어도 달라지지 않았다. 나였기에 그런지도 몰랐다.
속을 알 수 없는 이상한 딸이니까.

끝끝내 전화 연결이 되지 않자, 손 여사는 길 건너 나
의 집으로 오게 되었던 것이다.

혼자가 아니었다. 또 다른 길 건너에 사는 둘째 형부
를 대동하고서였다. 혹여나 내가 싸늘하게 놓여 있다
면 그걸 혼자서 감당할 자신이 없어서였다고, 나중에
실토를 했다.

세상에나! 내가 그동안 어떻게 보였던 거지?

그런데 손 여사는 내 집 꼴을 보고 내가 죽어 있는 것
만큼이나 큰 정신적인 충격을 받았단다. 나는 겨울에
도 보일러를 잘 안 틀고 살았는데 그게 그렇게 충격적

이었단다. 싸늘한 방바닥에, 침대 위에 쳐져 있는 1인용 텐트.

그걸 보고 손 여사는 내가 이상한 소설을 쓰다가 정신이 어떻게 되어 세상을 등지려 한다는 생각까지 굳히게 되었던 것이다.

당시 내가 쓰는 거의 모든 소설들은 참 많이 침울했다. 나는 사석에서는 꽤나 웃기는 인간인데도 글 속의 분위기를 띄우지는 못했다. 왠지 모르게 글만 쓰면 한없이 어둡고 축축한 바닥을 걷는 기분이 들었다.

손 여사는 내가 쓰는 이상한 소설들을 이해하지 못하는 듯했다. 소설도, 그런 소설들을 쓰는 나도.

물론 그때는 나 역시도 그랬다.

손 여사는 끔찍하고 파괴적인 글에 빠진 내가, 그런 글을 쓰느라 돈을 못 벌게 되었고, 그렇다 보니 가스요금조차 내지 못한 상태가 되었고, 게다가 정서적으로도 문제가 있어서 죽을 만큼, 아니 그보다 더 힘든 상황을 겪고 있을 거라고 생각하게 되었다. 그리고 그렇게 한번 굳어진 생각은 이내 기정사실이 되어버리고 말았다.

그러니 당장 구해야 했다. 손 여사는 엄마니까.

손 여사는 냉장고 문에 단정한 글씨로 두 마디를 적어놓고 떠났다.

'다녀간다, 연락해라.'

집에 돌아와 발견한 메모에 나는 의아했지만, 곧 손 여사의 걱정을 이해하게 되었다. 그리고, 다음 날 오래간만에 아버지에게서 전화를 받았다.

우리 아버지로 말할 것 같으면, 여간해서는 전화를 안하는 사람이다. 아버지가 전화를 하는 경우는 딱 세 가지다. 갑자기 내가 너무 자랑스럽게 느껴져 칭찬을 하고 싶을 때나, 텔레비전이 안 나오거나, 술을 먹고 집에 돌아오는 길을 잃거나 혹은 잃었다고 믿고 싶을 때.

아버지는 엄숙하고, 근엄하며, 아주 진지한 모드로 집으로 들어오라고 말했다. 손 여사가 집에 돌아와 펑펑 울었다는 것이었다. 혼자 늙고 있는 것도 불쌍한데, 가스요금도 못 내는지 냉골에, 침대 위에 텐트를 치고 자더라고. 불쌍해 죽겠다고 말이다.

나는 언제나 부모님 집과 가까운 곳에 살았고, 언제라도 손 여사가 비밀번호를 누르고 내 집을 드나들 수 있게 했다. 그것만으로도 나는 큰 걱정을 덜고 있다고 생각했는데, 나에 대한 걱정은 근원적으로 좁혀질 수 있는 게 아니었다.

나만 부정하고 있었을 뿐이지, 나는 이미 오래전부터 손 여사 부부의 근심거리였다.

그런데 왜 손 여사는 내가 자살을 할지도 모른다고 생각했을까? 내가 그런 우울을 들킨 적이 있었나?

아니다. 나는 오랫동안 가족들에게 내 감정들을 많이 드러내지 않고 살아왔다. 어릴 적에도, 다 자라서도 그랬다. 그러다 몇 번 겨우, 내 감정을 드러낸 적이 있지만, 그것 역시 아주 논리적인 상황에서였다.

사실 그 당시 나는 모든 게 불안했다. 내가 하는 일에 자신도 없었고 문단 사람들을 만나는 것에도 주눅이 들어 있었다. 비밀 연애를 강요하는 시인을 만나고 있었는데, 감정 기복이 심했던 그와 만나면서 나는 눈치를 보게 되었고 나도 모르게 자존감을 잃고 있었다. 누구를 원망하거나 나 스스로를 책망하기보다는, 정서적 학대를 오랫동안 받아온 사람처럼 무기력하게, 그냥 멈춰 있었다.

나는 몇 번 그 시인에 대해 이야기한 적이 있었는데, 손 여사는 내 표정만으로 내 상태를 직감했고, 몇 마디 묻지도 않고 그냥 '헤어지라'고 했다.

인정하고 싶지 않지만, 나는 손 여사 앞에서 한없이 투명한 존재였다.

나는 집으로 들어가기로 결심했다. 아버지가 그렇게

정신을 똑바로 차리고 나에게 말을 전한 것도 오랜만이었고, 손 여사가 나 때문에 눈물을 쏟았다는 말이 신경이 쓰이기도 해서였다.

그렇게 해서, 나는 어린 시절 살았던 건물의 옥탑방으로 들어가게 되었다.

애 잘 낳는 여자

손 여사는 슬하에 '딸딸딸아들딸'을 두었다. 나는 그중 세 번째다. 모두가 서로 안 닮았다고 우기지만 한데 모아두면 누구라도 유전자의 치밀함에 놀랄 수밖에 없을 것이다.

한번은 둘째 언니와 남동생을 데리고 친구를 만났는데, 평소 말이 많던 친구는 그날따라 내내 말이 없었다. 언니와 동생이 떠나고 왜 그렇게 말이 없었느냐고 묻자, 너무 어지러워서 그랬다는 것이다. 내가 셋이나 있는 것 같아서 정신이 없었다고 말이다.

아무튼 나 외의 다른 형제들은 다들 결혼을 했고, 자녀들이 있다. 둘하나둘둘. 나는 총 일곱 조카를 가진 이모이자 고모다.

손 여사는 아기를 잘 만들고, 잘 낳았다. 거의 2년에 한 번꼴로, 9년에 걸쳐 자식을 낳았다. 막내를 제외하고는 모두 집에서 낳았다. 산파가 오긴 했지만, 자연분만으로, 어렵지 않게 아기를 낳았다고 했다.

하지만 자녀가 있는 세 딸들은 모두 제왕절개로 아기를 낳았다. 유도 분만에 실패해 제왕절개로 선회한 적도 있었고, 하혈을 너무 많이 한 경우도 있었다.

"도대체 누굴 닮아서 다들 애 하나도 제대로 못 낳는 건지 알 수가 없네."

그 말을 할 때 손 여사의 얼굴은 진심으로 궁금함이 가득한 표정이었고, 과하지 않을 정도긴 했지만 약간의 우월감이 비쳐 있었다.

손 여사는 한 손을 다 채운 후에야 생산을 멈추었는데, 그 결심의 끝에는 배꼽 수술이 있었다. 나는 '배꼽 수술'이라는 단어를 손 여사의 입을 통해 들었다. 더 이상 아기가 만들어지지 않도록 자궁에 어떤 시술을 하는 것이었을 텐데, 왜 '배꼽 수술'이라고 했는지는 그때도, 지금도 이해가 가지 않는다.

내가 6학년, 그러니까 손 여사가 마흔셋이 되었을 때다. 손 여사는 중절수술을 한 후에 배꼽 수술을 했다. 여섯째까지 낳기에 손 여사 부부는 너무 가난했다.

내가 학교에서 돌아왔을 때, 손 여사는 아랫목에 모로 누워 잠에 들어 있었다. 그날만은 그러지 말았어야 했는데, 그날도 아버지는 술을 마시고 들어왔다.

종일 기운 없이 누워 있던 손 여사는 아버지가 방문을 열고 몸을 들이는 순간, 화라락 소리가 들릴 정도로 이불을 걷어버리고 벌떡 몸을 일으켰다. 손 여사는 이미 분기탱천하여, 불콰하게 붉어진 얼굴에 늘어지는 목소리로 자식들을 깨우고 있던 아버지를 잡아 세워서 드잡이를 시작했다. 손 여사는 자신이 얼마나 고통스러운 시간을 견디고 있는지를 계속해서 강조하고 또 강조했다. 하필 이런 날까지 술을 마시고 들어왔느냐고 양심도 없다고 몰아세웠다.

분명 몸이 아프다고 했는데, 싸움에 나선 손 여사는 아버지를 때려눕힐 기세였다. 평소 같았으면 아버지가 좀 더 큰소리를 냈을 테지만, 그날만큼은 겨주는 모양

　　　　　　　　애 잘 낳는 여자

새였다.

나는 지금도 비척비척 싸움에 밀리던 아버지의 뒷걸음질을, 배를 문지르며 악을 쓰던 손 여사의 발그레한 얼굴을 기억한다.

몇 번을 떠올려도 너무 슬픈 기억이다.

싸움의 기억이라 그런 게 아니다. 내가 어른이 되고, 남자를 알게 되고, 사랑을 나누게 되면서 알게 된 것들이 있었기 때문이다.

사랑을 나눈다는 게 얼마나 많은 책임과 가책을 함께 하는 것인지, 도저히 말로는 옮겨지지 못할 많은 감정들이 쏟아지고 쏟아져, 깨지고 상하고, 문드러지고 휘발되어버리는지, 조금은 알게 되었기 때문이었다.

그래서 나는 가끔 그런 사랑을 나누는 것이 두렵기도 하다. 사랑을 믿어서인지도 모르겠다.

빨래

내가 아주 어렸을 때 우리 집에는 세탁기가 없었다. 어린 자식이 다섯이나 있는 집에 세탁기가 없다니! 여름이야 그냥저냥 지나갈 수 있다손 치더라도 겨울에는 그 빨래를 감당하기가 여간 어려운 일이 아닐 터였다.

손 여사는 빨간 대야를 두 다리 사이에 끼고 앉아 빨래판을 대야에 걸치고 두 손을 비벼가며 빨래를 했다. 공해는 지금이 더 심한 거 같은데 그때는 왜 그렇게 옷에 때가 많이 묻었는지 모르겠다. 손 여사는 소매 끝에 맺힌 때를 비벼대느라 애가 닳았다.

애가 닳으면 자연히 손 여사의 말이 거칠어졌다. 아버지를 씹는 것부터 시작해서 아버지의 가족들을 입에 올렸다. 손 여사는 방 안에 숨죽이고 들어앉은 우리가 기가 죽든 말든, 계속 치열하게 빨래를 해댔다.

나 외에 것에는 무심했던 나와 달리 나의 형제들은 언제나 주눅이 들어 뭔가를 하는 척했다. 누가 보아도 손 여사의 말 이외에는 집중하지 못하는 모양이었지만 그렇게라도 손에 책을 붙들고 있어야만 그 시간을 버틸 수 있었을 것이다.

형제들이 책을 펼쳐놓고 눈치를 살피든 말든, 손 여사가 뱃속에서 올라온 목소리로 아버지 흉을 보든 말든, 나는 내 할 일을 했다. 책을 읽고, 그림을 그리고 방바닥을 뒹굴면서 공상을 했다. 오 남매 중에 오직 나만이 뭔가를 하고 있었기에 나는 뭔가를 하고 있는 척하는 형제들보다 당당할 수 있었다.

수전노 할아버지에 대한 원망이 이어지다 땔감이 떨어지면 손 여사는 방 안에 들어앉은 우리 형제들을 곱씹었다. 앞으로 잘하라고 하면 그런 말을 거역할 만한 배짱이 있는 형제들도 아니었는데 손 여사는 사납게 말을 했다. 물론 그 말은 우리의 눈이나 얼굴을 마주한 것이 아니었다. 허공을 향한 것이었다. 화를 돋워서 팔의 근육에 기운을 북돋우는 것이었다.

하지만 그 목소리가 담고 있는 말은 내 언니들의 가슴을, 내 동생들의 배를 싸륵싸륵 아프게 만들었다.

마당을 가로지른 빨랫줄 빼곡히 우리 일곱 가족의 빨래가 걸리면 손 여사는 고봉밥을 먹고 길게 낮잠을 잤다.

젊은 손 여사가 작정하고 한풀이를 할 수 있었던 건 그런 노동의 순간뿐이었다.

그렇다는 것을 이제야 알게 되어 젊고 곱던 손 여사에게 너무 미안하다.

빨래

2부

누굴 닮았기에

손 여사는 꽃을 좋아한다. 나도 꽃을 좋아한다. 집 안에 꽃을 꽂아두는 걸 좋아하고, 살아 있는 식물을 좋아한다. 씨를 뿌려 싹을 틔우는 것에 진심으로 흥미를 가지고 있다.

어릴 때 우리 가족은 사당동 산동네 대문 없는 집에 살았다. 마당이랄 것도 없는 마당 빈자리마다 손 여사는 화분을 만들어 식물을 키웠다. 흙 한 줌이라도 있으면 씨를 뿌렸다. 조롱박도, 오이도, 수세미도, 백일홍도, 토마토도, 가지도……, 없는 게 없었다.

나도 손 여사를 닮아 식물을 키우는 걸 좋아한다. 생명을 키우는 것에, 관찰하는 것에, 살피는 것에 관심이 많다. 그걸 바라보는 게 그저 행복하다.

손 여사는 경상남도 끄트머리 바닷가 윗마을 출신이었지만 서울내기처럼 피부가 하얗다. 만들어 넣은 것처럼 쌍꺼풀 진 눈이 컸다. 긴 얼굴에 인중도 길었다. 평생 55 사이즈를 낙낙하게 입고 다닐 정도로 날씬했다. 지금은 44 사이즈를 입어도 헐렁할 정도로 살이 빠졌지만 말이다.

나는 살집이 있는 내 몸을 무척이나 사랑하는 편인데도, 가끔 손 여사와 대중목욕탕을 갈 때면 부끄러움에 몸 둘 바를 모른다. 내 몸뚱이 자체가 과도한 식욕의 증거이며, 바싹 마른 어미의 몸에 빨대를 꽂아 흡혈한 괴생명체처럼 보일 것 같아 두려웠다. 아니, 그런 진실이 적나라하게 공개되는 것이 무서웠다.

내가 그런 생각을 하는 걸 아는지 모르는지, 손 여사는 언제나 내 몸이 '괜찮다'고 말해준다. 자신은 50kg을 넘겼던 적이 임신했을 때뿐이었다고 선을 그으면서도 '너도 다 빠질 살이라고' 아직도 나를 안심시키려고 한다.

내가 죽을 똥 살 똥 겨우 몇 kg을 감량하면 손 여사는 '까시가 되었'다고 언니들에게 전화를 걸어 걱정부터 한다. 사람이 너무 살집이 없으면 보기 안 좋다고, 살집이 좀 있어야 한다고 나를 볼 때마다 다독인다.

손 여사는 고봉밥을 먹는데도 살이 안 찐다. 한여름에도 물이나 음료수 없이 카스텔라를 먹는다. 보는 사람 목을 메게 하는 이상한 재주가 있는 손 여사는 칼발을 가져서 구두를 신은 발도 예쁘다.

불공평한 건, 나는 손 여사의 몸을 타고 세상에 쏟아진 생명체인데도 손 여사의 체질을 그다지 많이 닮지 않았다는 것이다. 고혈압과 당뇨가 없고, 골밀도가 높은 것은 운 좋게 얻었으나, '기저지방'은 그렇지 못했다. 단단하게 뭉친 살과 근육들은 자리를 잘 잡은 편이라 살이 좀 빠졌다가도 금세 원형을 회복하는 놀라운 가역성을 가졌다.

다시 말하지만 나는 내 몸을 사랑한다, 아주 많이.

손 여사는 다혈질이고 매 순간 자기감정에 충실한 사

람이다. 고집이 세지만 또, 남의 말을 잘 믿는다. 남의 말만 믿고 고집을 부릴 때는 대책이 없긴 하다. 손 여사는 자식이 많은 탓에 많은 것을 포기하고 살았을 테지만, 그래도 자기가 하고 싶은 걸 꼭 해야 직성이 풀리는 타입이다.

그에 비해, 아버지는 소심하고 폐쇄적인 성격을 가졌다. 영리하고 암기력이 좋았다. 남을 믿지 못하는 성격에, 사람들 사이에 섞이는 걸 별로 좋아하지 않았다. 그런데도 웅변을 잘했고, 말하는 걸 좋아했다. 언변에 뛰어난 건 아버지를 아는 모두가 입을 모아 이야기하는 아버지의 특징이다.

내가 어렸을 때 아버지는 술에 취해 귀가할 때가 많았다. 그런 날은 어김없이 자는 우리 형제들을 모두 깨웠다. 투게더 아이스크림이나 통닭을 사왔기 때문이었다. 아버지는 잠이 덜 깨어 눈을 깜빡거리는 우리를 앞에 두고 어떨 때는 잠이 솔솔 오는 잔잔한 동화 같은 이야기를, 어떨 때는 스펙터클한 영화 같은 이야기를 풀어냈다.

아버지를 지켜준 암소 이야기는 아직도 눈에 선하다. 소와 함께 산을 넘는데, 두 개의 호랑이 불이 번쩍! 놀란 것도 잠시, 암소가 몸을 틀어 위에 타고 있던 어린 아버지를 배 아래로 숨겨 산을 넘었다고 했다.

지금 생각하면 뭔가 논리적으로 상당히 어긋나 있다고 구시렁거릴 테지만, 그때 나는 그 이야기를 들으며 어둑한 시골 마을의 산길과 누런 암소, 그리고 어린 아버지를 상상했다. 두 눈이 밝은 호랑이가 아버지를 보내주고 산길을 오르는 모습까지 떠올렸다.

아버지의 이야기들 중 많은 부분이 구라였을 테지만, 나는 아버지의 이야기에 호기심이 많았다. 이야기의 기승전결에 따라 달라지는 아버지의 입과 눈꼬리, 그 풍부한 표정과 음색을 즐겁게 받아들였다. 그리고 분명히, 그건 내가 문학을 하는 데 아주 큰 자양분이 되었을 것이다.

지금도 가끔 그런 생각을 한다. 호랑이와 암소는 아버지에게 어떤 존재였을까?

누굴 닮았기에

할머니였을까, 할아버지였을까.

아버지는 글도 참 잘 썼다. 책을 잡으면 그대로 몇 시
간이고 앉아 책을 읽었다. 물론 지금은 전혀 책을 읽지
않는다. 안방 이불 위에 반쯤 누워 텔레비전만 본다. 손
안에 리모컨이 떨어질 새가 없다. 잠에 들어도, 방 불은
꺼도, 텔레비전 화면은 꺼지는 날이 없다.

아버지는 섬세하고 마음이 뜨거운 사람이지만, 나약
하고 무기력했다. 할 일이 없는 요즘은 더하다. 정말로
지금 아버지의 삶에 남은 일정은 '없다'. 손 여사가 시키
는 일을 하는 것 외에는 다른 일이 없다. 나는 가끔 손
여사에게 이제 그만 아버지를 놓아주라고 말한다. '노예
12년'이냐고 쏘아붙인다. 하지만, 손 여사는 내 말은 절
대 듣지 않는다.

아버지의 고단한 삶 속에는 늘 아버지를 억압했던 사
람들밖에 없었다. 여린 아버지가 견디기에는 너무 거칠
고 성마른 사람들뿐이었을 것이다.

하지만 그럼에도 아버지는 여전히 편식 없이 식사를

잘하는 편이고, 긍정적으로 생각하려는 의지를 가지고 있다. 몸에 좋은 약이라고, 건강에 좋은 거라고, 비싼 거라고 챙겨주면, 장롱에 넣어놓고 손 여사 몰래 혼자 챙겨 먹을 정도로, 아직까지 생에 대한 애착도 강하다.

손 여사가 말하길, 아버지는 젊은 시절 농약을 먹고 자살을 기도한 적이 있었다고 했다. 나는 그 이야기를 들으며 논두렁 어딘가에 앉아 농약을 마시는 아버지를 상상했다. 거꾸로 세운 농약병을 입에 붙이고 있는 모습을. 파란 나팔 청바지를 입은 아버지가 게게 풀린 눈으로 세상을 등지려 하는 그 모습을 그려봤다. 마치 내 기억인 것처럼 생생하다. 그때 아버지의 충동이 내 몸에도 스며 있을 것이다.

아버지는 검은 피부에, 각진 턱을 가졌고 손과 발은 두툼하다. 발은 평발에 가깝다. 특수부대 출신이라고 여러 번 말한 적이 있었는데, 언제나 군대 이야기를 할 때면 요리 이야기로 마무리하는 것으로 보아, 특수부대 취사병이었을 것으로 추측하고 있다. 나는 단 한 번도 그 사실을 확인하기 위해 질문을 던진 적이 없었다. 아버지는 작은 사실을 말하기 위해 아주 대단한 구라를 덧입히는 화법을 쓰는 편이라, 진실은 한참을 듣고 나야 파악할 수 있는 경우가 많았다. 물론 언제나 그런 것은 아니지만 말이다.

나는 아버지를 많이 닮았다. 피부도 까맣고 발도 평발에 가까운 네모진 발이다. 엄지 첫 마디가 짧은 아버지 손은 닮지 않아 다행이다. 얼굴과 인중이 긴 건 손 여사를 닮았다. 욱하고 치미는 성질을 참지 못하는 것도 손 여사를 닮은 것 같다. 아니, 그건 아버지 역시 마찬가지인가?

우리 딸은 천사

나는 온몸에 시퍼런 멍을 앉힌 채 태어났다. 내가 배 속에 있었을 때, 만삭의 손 여사는 배에 타격을 입은 적이 있었다고 했다.

얼마나 놀랐을까.

그런 나를 바라보고 있었을 젊은 손 여사와 아버지를 떠올리면 나는 괜히 눈물이 난다. 나도 어쩌지 못해 그렇게 태어났는데, 그런 나를 또 어쩌지 못해 눈물지었을 젊은 그들을 생각하면 그냥 눈물이 그렁그렁 차오른다.

내가 태어나던 날 이야기를 하며 아버지는 자주 눈물을 흘렸다. 내가 죽을까 봐 걱정을 많이 했다며, 어린 내 뺨을 쓰다듬었다. 아버지는 방바닥을 두 손바닥으로 딛고 그렇게 한참을 울었다. 미안함과 서러움이 사무친 흐느낌을 나는 기억한다.

그렇게 태어난 나는 심장이 약했다. 몇 번이나 경기를 해 손 여사와 아버지를 많이 놀라게 했단다. '죠스 바'를 먹고 입술이 파랗게 변하는 걸로도 어른들은 크게 놀랐을 정도였다.

내가 말을 막 시작했을 때, 집에 놀러 온 손 여사의 친구가 나를 놀라게 하려고 장난을 쳤는데, 내가 입술이 새파래져서 눈이 돌아갔다고 했다. 그 이야기를 할 때마다 아버지는 손 여사의 친구를 '미친 여편네'라며 흉을 봤다.

그런 것과는 상관없이 나는 너무나 순한 아기였단다. 도통 울지 않았고, 앉혀 놓고 나갔다 와도 처음 자세 그대로 손 여사를 기다렸다고 한다. 언젠가 손 여사는 그런 나를 천사 같다고, 주변 어른들이 나를 그렇게 불렀다고 알려줬다.

그때의 천사는, 지금의 나가 되었으니 이 또한 슬픈 일이 된 건가.

마음 한편에는 그 천사가 남아 있겠지.

내 형제들은 내가 지킨다

　내가 초등학교 때부터 손 여사 부부는 맞벌이를 했다. 어른들이 없는 집은 늘 썰렁했다. 다섯 남매가 복작대도 왠지 천장 아래가 빈 느낌이었다.

　어느 날 남동생이 누군가에게 맞고 돌아온 일이 있었다. 남동생은 초등학교 1학년 때 대수술을 해서 몸이 약했다. 키도 아주 천천히 자랐다. 그러니 동급생들이 보기에도 만만했을 것이다.

　"누가 때렸다고? 왜?"

　나는 남동생을 다그쳤다. 들어보니, 힘 좀 쓴다는 동급생 아이가 작고 약한 남동생을 괴롭힌 것이었다.

　어른들이 없어서 그랬을까.

　도저히 그대로 있을 수가 없었다. 나라도 나서서 문제를 해결해야 한다고 생각했다.

나는 남동생 손을 잡고 동생을 때린 아이의 집으로 향했다. 그 집 대문을 열고 들어가자, 그 애와 그 집 엄마가 웬일이냐며 얼굴을 드러냈다. 한 살 어린 동생의 손을 잡고 갔던 나도 키가 작고 아주 삐쩍 마른 어린애였다.

그렇지만 나는 발끝의 힘까지 모두 뽑아 쓸 것처럼 고래고래 소리를 지르며 싸웠다. 아찔하게 눈앞이 어지러웠고 이내 쌍코피가 터졌지만 말을 멈추지 않았다.

그런 건 큰언니도 둘째 언니도 하지 못했다. 오로지 나만 할 수 있었다. 나는 억울한 건 못 참는 성격이었다. 부당하다 생각되는 건 더더욱 못 참았다. 나는 정의롭지는 못해도 불의와는 싸울 수 있는 인간이었다. 우리 형제중에 제일 악바리였다.

저녁에 그 집 엄마가 우리 집에 찾아왔다. 뭘 해도 할 아이라는 말을 전해주고 갔다고 했다. 미안하다고 하고 갈 줄 알았는데, 나는 그게 더 어이가 없었다.

너를 믿는다

어릴 때, 손 여사는 우리를 자주 혼냈다. 한 사람이 잘못을 해도 모두가 나란히 앉아 혼났다. 우리는 언제나 연대책임을 져야 했다.

아버지는 자식을 때리는 것에 반대했지만 우리는 손 여사와 더 많은 시간을 보냈기 때문에 아버지의 의견은 언제나 묵살되곤 했다.

그런 손 여사가 움찔할 때가 있었는데, 그건 바로 나 때문이었다. 나는 좀처럼 맞아도 움직이는 법이 없었다. 허벅지가 시퍼렇게 멍이 들더라도 도망을 치거나, 몸을 뒤로 빼거나 하지 않았다. 눈물을 뚝뚝 흘리더라도 그냥 그 채로 앉아 있었다.

나는 손 여사의 매가 두렵지 않았다. 고개를 숙이고 울지도 않았다. 두 손 모아 빌지도 않았고, 언니들이 그랬던 것처럼 동생들 뒤로 몸을 숨기지도 않았다.

때리는 사람을 질리게 만들어버리는 아이, 그게 나였다.

언젠가 손 여사는 그런 내가 무섭기도 했다고 말했었다. 얌체, 똑똑이, 잘난척쟁이. 손 여사가 나를 호칭하는 말들이다. 내가 언젠가는 눈꼬리 값을 꼭 할 거라고. 그 말은 '너를 믿는다'는 말의 다른 표현이었다.

손 여사는 언니들에게는 지나치게 엄격했다. 두 언니들을 키우면서 조금씩 관대해진 것도 있었지만, 특히 나에게 관대했다. 내가 하는 선택과 결정들을 존중해줬다. 경제적으로 넉넉하지 않았지만 내가 무언가를 한다고 했을 때 반대하지 않았고 하기 싫은 것을 억지로 시키지 않았다. 자라는 동안 내내 손 여사 부부는 결과가 어찌 되었든 내 선택을 지지해주었다.

지금까지도 내가 당당히 어깨를 펼 수 있는 것은 손 여사 부부가 내게 보내주는 믿음, 그 마음 때문일 것이다.

　나도 학생들을 가르칠 때마다 어떤 종류가 되었든 믿음으로 다가가려고 노력한다. 매번 원하는 만큼 소통이 원활하지 않아도 세심하게 신경 쓰려고 한다. 믿어주고 기억해주면 학생들은 마음을 열었다. 언제나 믿음에 화답을 해줬다.

　한 명의 어른만 있어도 아이는 절대 무너지지 않는다는 것을 나는 믿는다.

　　　　　　　　　　　　　너를 믿는다

육성회와 촌지

손 여사 부부는 우리 오 남매가 공부에 특별한 능력이 있기를 바랐다. 하지만 바람은 바람일 뿐. 자주 기대는 낙담으로, 희망은 실망으로 이어졌다.

그런 가운데서도 아버지는 늘 이렇게 말했다.

"너희가 공부를 하고 싶다면 내가 피를 팔아서라도 가르치겠다."

파란 혈관이 선명하게 내비치는 팔을 들어 보이며 아버지가 강조하던, 그 한 서린 말이 실행된 석은 없었다. 지금 생각하면 죽자고 공부하는 자식들이 없어서 아버지에게 얼마나 다행한 일인지.

아버지가 실행되지 못할 선언을 많이 한 데 반해 손 여사는 여러 가지 실천을 통해서 공부하는 분위기를 만들어주려고 노력했다.

가장 중요하게 생각한 것은, 책이었다. 손 여사는 매

년 한 질의 책을 사줬다. 전집 단위로 책을 사던 시절이었다. 우리 집에는 친구들 집에 있던 오색찬란한 동화책들은 거의 없었지만 그래도 꽤 읽을 만한 책들이 많았다. 백과사전이나 위인전, 소년소녀 명작전집 등이 즐비했다.

또, 내가 중학교 때에는 육성회에도 나가기 시작했다. 얼마의 회비를 내야 하는 것이었는데 두 언니들에게는 해주지 않았던 것이었다. 손 여사는 체육대회나 소풍 때마다 반 아이들 전체가 다 먹을 아이스크림이나 간식을 챙겨줬다. 선생님들 도시락이나 통닭도 보내줬다. 학급 임원의 부모는 으레 그렇게 해야 했다.

나는 중학교 2학년 때 담임이 손 여사가 내민 흰 봉투를 받고 희색이 도는 얼굴을 한 것을 목격한 적도 있었다. 내가 도대체 뭘 준 거냐고 뽀로통해져 묻자 손 여사는 삼만 원을 줬다고 말했다. 학교 내리막길을 내려오면서 나는 내내 픽픽거리기만 했다.

한번은 수학 선생님에게 모진 매질을 당한 적이 있었

다. 수학 시험 점수가 떨어졌다는 이유로 책상 위로 올라가 앉은 채로 허벅지를 맞았다.

당시 수학 선생님은 악명이 자자했다. 깜지를 안 해오면 한 장에 한 대씩 때렸는데, 백 장을 안 해왔다고 백 대를 다 채워 때린 적도 있었다.

그날 두 개의 당구 큐대가 부러졌다. 선생님은 빠글빠글한 머리를 고쳐 묶고서 새 큐대를 꺼내 들었다. 빨간색이 둘러쳐진 안경을 연신 올리면서 칠판 받침대를 다시 잡으라고 소리쳤다.

그런 선생님에게 내가 걸린 거였다. 일주일마다 보는 간이 시험이었는데도, 96점에서 88점으로 점수가 떨어졌다는 이유로 만 친구들 앞에서 당구 큐대로 여덟 대나 맞아야 했다. 그때는 지금처럼 몸에 살집이 있지도 않았다. 선생님의 팔 힘이 어찌나 센지 허벅지가 터져나갈 것만 같았다.

푸르다 못해 시커멓게 든 멍은 보름이 지나도 빠지지 않았다. 그걸 본 손 여사는 고민이 깊어진 얼굴이 되고 말았다. 수학 선생님은 연년생인 남동생의 담임이었다.

얼마 후 수학 선생님이 결혼을 했는데, 손 여사는 그 결혼식장에 다녀왔다. 남동생이 부반장이어서 다녀왔다고 했지만, 나는 복잡한 마음이 들었다.

봉투에는 얼마를 넣었을까. 선생님이 아이들 앞에서 나를 본보기로 때린 것은 분명 돈을 요구하는 선생님만의 방식일 거라고, 나는 한동안 그런 생각을 품었더랬다. 그리고 그에 응해준 손 여사에 대한 짜증과 불쾌함도 어느 정도 품고 있었다. 굳이 그렇게까지 할 필요가 없다고 생각했었다.

시간이 흐르고, 나는 선생님에 대해 품고 있었던 생각을 고쳐먹었다. 손 여사에 대한 불편한 생각도 거둬들였다. 손 여사는 손 여사 나름의 방식으로 최선을 다했음을 알고 있기 때문이다.

"나는 세상에 없는 걸 만드는 사람이 될 거야."

언젠가 내가 손 여사에게 한 말이다. 손 여사는 내가 했던 말을 큰언니에게 전하면서 도자기를 빚는 시늉을

해보였단다. 큰언니는 그걸 표현하는 손 여사의 모습이
너무 귀여웠단다.

세상에 없는 걸 만드는 어른으로 키우고 싶은 마음,
손 여사의 마음을 이제는 이해한다.

전교조 선생님

한국 문단의 많은 작가들이 그러하듯 나도 '황순원'이라는 이름 석 자에 빚을 지고 있다. 선생님의 작품을 읽으며 자랐고, 그 바탕 위에 소설가가 되는 꿈을 키웠으며, 이제는 오래도록 글을 쓰며 살아가기를 희망하고 있다.

황순원 선생님의 소설들 중 어떤 작품이 가장 좋은지 묻는다면 나는 「소나기」를 제쳐두고 「마지막 잔」을 꼽는다. 생생한 마음이 전해져서일까. 어떤 경계도 가르지 못한 우정에, 그 마음에 가슴이 뻐근했다.

내게 소설가 '황순원'을 처음 가르쳐준 사람이 있다. 강영임 선생님. 중학교 1학년 때 국어 교과를 가르쳤던 선생님이다. 비릿한 풋내가 나던 시절을 여전히 환하고 충만한 느낌으로 기억하는 것은 강영임 선생님이 그 시간 속에 자리하기 때문이다.

초등학교 테를 못 벗은 중학교 1학년생들이 와글와글 소리를 내며「소나기」를 읽던, 그때의 국어 시간이 생생하게 떠오른다. 한 문장씩 이어 읽다가 '생채기에 입술을 가져다 대고'라는 대목이 나오자 남자애들은 그게 도대체 어떻게 하는 것이냐며 선생님에게 재차 물어댔다. 거무스름한 콧수염이 있는 애들도, 그제야 앞니를 가는 애들도 하나같이 호기심에 넘쳤고 유치하고 짓궂었다.

당시 강영임 선생님은 대학을 갓 졸업하고 처음으로 우리 학교에 부임해온 새내기 선생님이었다. 아이들의 질문에 선생님은 당황한 기색을 감추지 못했고, 연신 '그게 뭐냐면⋯⋯.' 하고 말끝을 흐리며 같은 말을 곱씹었다. 얼굴 반절을 가릴 만큼 큰 검은 뿔테 안경을 추켜올리며 다음 문장으로 넘어가자고 애들을 달래던 선생님의 모습이 지금도 눈에 선하다.

강영임 선생님은 소설을 어떻게 읽어야 하는지도 가

르쳐 주었지만 글을 쓰는 데에 진정성이 왜 필요한지에 대해서도 말씀해 주었다.

한번은 '엄마'라는 주제로 글을 써오는 과제가 있었다. 몇 편의 글이 선생님 손에 들려 있었고 선생님은 하나하나 읽으면서 반 친구들이 쓴 '엄마'의 이야기들에 즐거운 감상을 보탰다. 마지막 노트는 내 것이었다. 선생님은 가장 진정성이 있는 글이라며 내 글을 읽기 시작했다.

귓불까지 확 뜨거워지는 것 같았다. 쓸 때는 몰랐는데, 내 감정이 문장으로 표현되어 읽힌다는 게 속내를 들킨 기분이었다. 다른 친구들은 화목한 가족 드라마에나 나올 법한 이야기를 썼는데, 나는 리얼리티가 진한 글을 써냈더랬다.

'우리 엄마는 자식들을 병신 만들지 않으려고 일을 나간다.'

이렇게 시작되는 글이었다. 노트 두 바닥을 채운 글을 다 읽은 선생님은 나를 물끄러미 내려다보았다. 왠지 모르게 눈물이 났는데, 그건 손 여사에 대한 솔직한 내 마음 때문이었는지, 너무 솔직한 내 글이 사방에 울려 퍼져서 그런 건지는 분간할 수 없었다.

말보다 글로 솔직해지는 게 더 어려운 일이라는 것을 알게 된 순간이었다.

이후로 나는 차츰 선생님과 가까워졌다. 선생님의 칭찬이 내 인정 욕구를 어루만져 주었기 때문일 것이다. 나는 친구들 몇과 함께 선생님의 자취방에 놀러 가 밥도 얻어먹고 수다를 떨다 오기도 했다. 그 집의 방과 부엌 그리고 선생님의 세간살이들이 다 기억난다. 넓지 않은 방 안에서 우리는 선생님 주변에 오글오글 모여 앉아 세상에 대해 궁금했던 것들을, 엄마나 아빠가 풀어주지 못했던 의문들을 묻곤 했었다. 선생님의 말은 우리가 이해하기 쉬웠고, 진실했다.

남겨진 시간이 얼마가 될지도 모르고 나는 그렇게 담뿍 정이 들고 말았다.

선생님은 전국교직원노동조합 출범에 가담했다는 이유로 학교에서 해직되었다. 선생님은 한 학기를 다 채우지 못한 채 학교를 떠나야 했다. 그렇게 우리들은 선생님의 마지막 학생이 되었다. 우리가 할 수 있는 건 교문을 나서는 선생님을 붙잡고 울음을 터뜨리는 것밖에 없었다.

우리가 이해하기에 '전교조'라는 단어에는 너무나 많은 의미가 담겨 있었다. 학교에 남은 선생님들은 어떠한 이야기도 해주지 않았다. 당연한 일이었다. 이제 막 중학생이 된 아이들에게 그 이야기를 어떻게 이해시킬 수 있었겠는가 말이다.

키르케고르는 산 자와 죽은 자의 관계는 산 자에 의해서 변한다고 했다. 죽은 자는 변함이 없기 때문이다. 산 자의 마음이 변하고, 태도가 변하면 그 관계 역시 변하게 된다는 것이다. 나는 황순원 작가의 「마지막 잔」을 읽으며 그 배경에 대해 알게 되면서 그분이 친구를 대했던 마음을 더없이 소중하게 되새기게 되었다.

전교조 선생님

모름지기 관계는 멀어지는 것이 아니라 잊히는 것이라는 걸 깨닫게 되었다. 그리고 내가 놓쳐버린 관계에 대한 후회가 밀려들었다.

　지금도 나는 가끔 선생님의 이름을 검색해 보곤 한다. 내 검색 능력에 한계가 있는 것인지, 어디에서도 선생님을 찾을 수는 없었다.

　그렇지만, 어딘가에서 잘 살고 계실 거라고 믿고 있다.

쥐 때문이야

나는 이십 대 중반에 자의 반 타의 반으로 홀로 살게 되었다. 앙드레김 아저씨의 의상실 건물 옆 다세대주택의 반지하에서였다. 침대와 몇 가지 집기를 사고, 소꿉놀이같이 살림을 장만하면서 그렇게 독립 아닌 독립을 실현해 나가던 시절이었다. 하지만 그 생활은 그리 오래가지 못했다.

쥐 때문이었다.

어느 밤이었다. 침대에 누워 텔레비전을 보고 있는데 침대 아래에서 팔뚝만 한 쥐가 튀어나와 텔레비전 아래로 건너갔다. 나는 그 채로 혼비백산했다. 얼마나 소리를 지르며 방 밖으로 뛰어나갔는지 모른다. 더 이상 그 방에 있을 수 없었다. 나는 곧바로 간단한 옷가지만 챙겨서 부모님 집으로 돌아왔다.

전조가 없었던 건 아니었다. 퇴근해 돌아와 보면 화장실 하수구 마개가 뒤집혀 있는 날이 있었다. 나 외에는 드나드는 사람이 없었기에 이상하다 생각만 했었는데, 쥐가 하수구 마개를 열고 방과 화장실을 드나들며 며칠을 나와 함께 지내고 있었던 것이다. 지금도 그 생각만 하면 몸서리가 쳐진다.

쥐를 좋아하는 사람도 있을까만 나는 정말, 정말 쥐를 싫어한다. 내 삶의 여러 경험이 이런 감정을 쌓아왔던 탓이다.

스무 살 무렵 나는 명동에 있는 커피숍에서 오픈 아르바이트를 한 적이 있었는데 그때도 엄청난 쥐를 만났다. 점성이 강한 끈끈이 액으로 만든 일명 쥐잡이 '찍찍이'를 겨우 탈출한 쥐가, 제 꼬리에 붙은 끈끈이 액 때문에 살구 주스 깡통에 붙은 채 팔딱대고 있는 걸, 보고 만 것이었다. 나는 몸을 숙여 커피 기계 아래 도열한 살구 깡통 하나를 들어냈을 뿐인데, 까만 눈알을 번뜩이는 커다란 쥐까지 따라 나올 게 뭐란 말인가.

매일 아침 커피를 마시러 오는 노신사가 올 때까지 나는 가게 바깥에 있을 수밖에 없었다. 쥐가 나를 해칠 수는 없었겠지만 왠지 나는 나의 모든 게 위협받는 느낌이 들었다.

그건 어쩌면 오래된 나의 상상 속에서 만들어진 공포인지도 모르겠다. 고등학교 때 읽었던 『페스트』의 영향도 컸다. 오염된 채 피를 토하며 계단참에서 죽어 가던 쥐의 모습이 오래도록 머릿속에 남았다. 커다랗고 해로운 쥐, 병균을 옮기는 쥐, 물에 쓸려 내려가는 쥐 떼 등이 언제나 머릿속에서 세트로 떠다녔다. 쥐는 생각만으로도 나를 쭈뼛 몸서리치게 만드는 동물이었다. 지금까지도 말이다.

이후 안정을 찾은 나는 부모님 집 근처에 거처를 마련하고 다시 집을 나와 생활했는데, 그렇게 홀로 지낸 지 몇 년, 어느 늦은 밤, 나는 머리를 크게 다치는 사고를 겪게 된다. 한여름이었고, 당시 2층에 살고 있던 나는 2

쥐 때문이야

층으로 오르는 현관 열쇠를 찾기 위해 가방을 뒤지면서 지하실 문에 살짝 등을 댔는데 그게 문제였다. 문이 열려 있을 거라는 생각을 한 번도 해본 적이 없었던 나는 그대로 계단 아래로 고꾸라졌다.

3부

너무나 사소한 정치성

머리 수술을 마치고 집에 돌아온 이후부터 내 삶은 많이 달라졌다. 사고로 인한 각성이 내게 뭔가를 시도하게 했다. 죽음이 내 등에 딱 달라붙어 있다는 것을 떨칠 수가 없었다. 죽기 전에 하고 싶은 게 뭐가 있을까 생각하다 한국예술종합학교에 원서를 냈고 천운이 닿아 입학을 하게 되었다.

그런데 이게 또 무슨 운명의 장난인지, 하필 정권이 바뀌고 문화체육관광부 장관이 바뀌면서 학교 전체에 탄압이 들어오게 되는, 겪지 않아도 될 일을 몸소 겪게 된 것이다.

문화예술 전반에 걸쳐 사정이 시작되었고, 한국예술종합학교도 예외는 아니었다. 우파 정권이 들어섰으니 이제 우파 총장이 들어서야 한다고 말하는 차관도 있었다.

당시 나는 학교 신문사에 짧은 기고문을 썼는데 한참이 지나도 원고료가 나오지 않았다. 이유를 물으니, 감사 중이라고 했다. 국립대학이니 감사가 있는 건 당연지사. 그런데 그 방식이 문제였다. 학교 행정을 마비시킬 정도로 오래도록 감사를 감행했던 것이다.

학교 분위기는 점점 안 좋아졌고, 들리는 소문들은 하나둘 사실로 밝혀졌다. 그러자 자신들의 예술성에만 관심을 가졌던 학우들이 모이기 시작했다. 중극장에서 대극장으로 이동해 새벽까지 토론을 하고, 학교의 명운에 대해 고민하는 모임이 이어졌다. 비상대책위원회가 결성되고, 자치적으로 모임이 만들어졌다.

나는 그 안에 끼지는 않았지만, 학과가 없어진다는 것에는 절대적인 반대 입장이었으므로 성명서 발표에 힘을 보태고 문화체육관광부 앞에서 학과 동생들과 1인 시위를 이어 갔다. 그럼에도 불구하고 점점 더한 탄압이 들어왔다. 서사창작과는 극작과 안으로 다시 흡수될 처지에 놓이게 되었다.

그런 와중에 협동과정 몇 개의 과가 함께 양평에 있는 콘도로 1박 2일 워크숍을 간다고 했다. 도착하니 예술경영, 서사창작, 음악극창작, 이렇게 세 개 과의 앞날에 대한 이상한 발표가 이어졌다. 하룻밤 술로 달래자는 것인가? 과의 미래에 대한 이야기를 하려면 학교에서 하면 될 것을, 굳이 여기까지 와서 할 게 뭐란 말인가? 납득하기 힘들었다.

나는 질문할 게 있냐는 사회자의 말에 손을 들었다.

"선생님, 그러면 저희는 어떻게 되나요?"

내가 듣기에도 다소 화가 묻은 목소리였다.

당시 협동과정 원장을 맡고 있던 교수가 답했다.

"그걸 어떻게 알아. 우리도 어떻게 될지 모르는데."

그 말을 듣고 나니, 더 이상 그 자리에 있을 이유가 없었다. 나는 그대로 자리에서 일어나 세미나실을 걸어나왔다. 내 뒤에 대고 어느 학생 하나가 앞서 말한 교수가 얼마나 이 사태 안에서 학생들을 위해서 애를 쓰는지 말했다. 내가 무례하다고 지적하는 투였다.

작정한다면, 나는 더 심하게 무례해질 수도 있었다. 거칠게 판을 뒤집을 수도 있었다. 하지만 나는 그렇게 하지 않은 것이었다. 그럴 만한 가치가 없었다, 그 자리는.

택시를 타고 서울까지 오면서, 여러 가지 생각을 하게 되었다. 학교 안에서 벌어지고 있는 일에 대해서 누구도 제대로 된 대답을 해주지 않았다. 나는 정해진 커리큘럼대로 공부할 수 있는 학습권이 있었음에도 불구하고, 그들의 정치 역학에 의해서 권리를 침해당했다.

학생들은 어느 정도 겁을 먹고 있었고, 대놓고 따지는 나를 불편해했다. 나는 동생들이 나이브하다고 생각했고, 더 이상 나서서 할 게 없다는 판단을 내리기에 이르렀다. 동시에 내 안에서 강력하게 '저항'이 일었다.

사실, 그때까지만 해도 나의 정치성은 제로에 가까웠다. 그런데 논리적으로도, 사회적인 판단으로도 맞지 않는 일들을 겪으면서 나는 각성하기 시작했다. 보수에 가까웠던 나를 각성하게 한 것은 이명박 정권이었다.

학과가 없어지는 게 뭐 그리 대단한 일이냐 싶을 수도 있다. 정권이 바뀌었으니 문화체육관광부 산하의 대학은, 대통령령으로 통제받는 국립대학은 당연히 바뀐 상황을 받아들여야 한다고 말할 수도 있을 것이다.

하지만, 나를 비롯한 많은 학생들은 지나친 행정권으로 인해 수업권을 침해받았다. 우리는 모두 불안했으며, 그 불안 위에서 어떤 예술이 가능할지 아무도 확신할 수 없었다. 우리는 아무것도 할 수 없었다.

정권의 그런 행태는 절대 나를 해칠 수는 없었겠지만 왠지 나는 모든 게 위협받는 느낌이 들었다.

위협받는 이상, 나는 저항해야 했다.

너무나 사소한 정치성

과호흡

이후에도 불편부당한 일은 학교 안에서건 밖에서건 연일 일어났고, 나는 욱하는 성질을 다스리기 힘들었다. 외롭고 우울했다. 내 개인적인 삶은 물론, 학교와 사회, 이 나라 전체에 대한 피로감으로 지쳐버렸다. 종국에는 학교를 그만둘 생각까지 하게 되었다.

'과호흡'이라는 걸 알게 된 것도 그즈음이었다. 헬스클럽 러닝머신 위를 달리고 있는데, 숨이 가빠왔다. 점점 더. 도저히 더 달릴 수가 없었다. 며칠 계속되던 숨가쁨이 끝내는 내 숨을 조여오나 싶었다. 나는 응급실을 향해 달렸다. 응급실 앞에 차를 세우고 그대로 달려 들어갔다.

숨이 안 쉬어진다고 말하자 간호사는 나를 안쪽 침상으로 안내했다. 언니들에게 전화를 했지만 아무도 와줄 상황이 안 되었다. 그러는 사이 발끝부터 차갑게 식어 갔다. 파랗게 얼어 가는 모습으로 피가 통하지 않는 게 느껴졌다. 아, 이대로 사람이 죽는구나 싶었다.

손 여사가 도착했다. 오지 못하는 언니들이 연락을 한 것이었다. 발끝이 차갑게 식은 것을 보고 손 여사는 기겁을 했다. 손 여사는 간호사에게 먼저, 내가 심장이 안 좋다는 이야기를 했다.

나는 몇 가지 검사를 했다. 폐기능 검사와 피검사, 심전도와 소변검사까지 마쳤다. 결과를 기다리는 동안 나는 산소통에 연결된 투명 마스크를 쓰고 천천히 숨을 쉬었다 마셨다를 반복했다. 그냥 쉬어지는 숨인 줄 알았는데, 숨은 쉬어야 하는 것이었다.

곧 결과가 나왔다.

이상 무.

놀란 건 손 여사였다.

"그럴 리가 없는데……."

당직 의사가 내게 물었다.

"최근에 스트레스를 심하게 받은 적이 있나요?"

나는 없다고 답했다.

의사는 그래도 상담을 받아보는 게 좋겠다며 소견서를 써주었다. 온 김에 바로 예약을 잡아 상담을 받아보라고 했다.

나는 괜찮다고 목례를 하고 병원을 나섰지만, 정말 괜찮지가 않았다.

나의 내면 아이에게

이후 나는 몇 번의 상담을 받았다. 의사 선생님은 친절했다. 하지만 점점 나를 궁금해하는 눈치였다.

"가장 기분 좋은 순간이 언제죠?"

라고 물으면 나는,

"아침에 일어났을 때 맨살에 닿는 바싹 마른 이불의 느낌을 좋아합니다."

의사 선생님의 입이 살짝 벌어졌다. 그리고 그는,

"역시 글을 쓰는 분이라 다르시군요."

라고 말했다. 이후부터 의사 선생님의 질문이 더 많아졌다.

의사 선생님은 수면제와 함께 우울증 약을 처방해줬다. 자신의 어머니도 먹고 있다며 정말 안전하다고 말했다. 나는 약 먹는 것을 그렇게 좋아하는 편이 아니었다. 그래도 우선 잠을 자야 했다.

하지만 약을 먹은 후에도 나는 잠들지 못했다.

눈을 감을 수가 없었다. 멍한 채로 깨어 있는 72시간 동안, 나는 아무 존재도 아닌 느낌이었다.

다음 상담 시간에 그 이야기를 했더니, 의사 선생님 왈, 약으로는 치료할 수 없을 것 같다며 앞으로 상담 시간을 더 늘리자고 제안을 해왔다.

나는 일주일에 두 번씩 상담을 받기 시작했고 내가 가지고 있는 분노의 기저도 알게 되었다. 그리고 그와 함께 나를 지키기 위해 봉인해둔 기억이 풀려버렸다.

나는 잊고 있었던 기억을 떠올리고 말았다. 내내 나를 지키기 위해서, 봉인해놓았던 기억이 풀려버리자, 눈물을 주체할 수가 없었다. 눈물이 멎지 않자, 의사 선생님은 내게 미안하다고 했다. 자신이 너무 깊은 곳까지 건드린 것 같다고 했다. 그리고 그대로 우리 상담은 끝났다.

나는 살고 싶었다.

나는 숨 쉬고 싶었다.

그래서 내 속의 우는 아이를 찾기 시작했고, 다독이기 시작했다. 눈물이 잦아들 때 즈음, 다시 소설을 쓰기 시작했다. 글이라는 건, 나를 완전히 치유할 수 있는 도구는 아니었지만, 생각을 정리하는 멋진 도구였다. 나는 점점 내 문제를 정리할 수 있었고, 그 문제 안에 있던 보수적인 손 여사와 나의 관계도 직시하게 되었다. 쉽게 풀릴 수 없는 문제라는 것도 알게 되었다.

나는 내면의 아이에게 편지를 쓰기 시작했고, 첫 문장은 '미안해'였다.

나의 내면 아이에게

간택

  우울한 기분을 떨치지 못한 채 지내던 내게 시를 쓰는 장 아무개 선배는 가급적 학교는 졸업을 하라는 말과 함께 청담보살을 추천해줬다. 나는 신점을 본다는 청담보살을 찾아가 스스로도 분명히 알고 있는 외로움과 우울함의 정체에 대해 물었다.

  보살의 말이, 다 내 팔자라는 것이다. 내 얼굴은 호랑이 상인데, 호랑이는 혼자 다니는 짐승이라 외로운 건 당연하다는 것이었다. 호랑이? 팔자? 뭔가 논리적으로 허술한 말이었지만 고개를 끄덕거리게 되었다. 수긍이 되기도 했다. 팔자가 외로운데 외로운 걸 탓하면 뭐할까.

  나는 국면 전환을 시도했다. 텔레비전만 켜면 나오는 쇳소리를 닮은 대통령의 목소리가 듣기 싫어 텔레비전을 없앴고, 그리고 쥐를 유난히 싫어하였으므로, 운명처럼 첫 고양이를 입양했다.

때는 8월. 내게 아담을 데려다준 이는 당구장을 운영하는 친구였는데, 녀석도 아담을 동물병원 하는 친구로부터 받았다고 했다. 동물병원을 하던 이는 동네 꼬마들이 '냥줍'한 고양이 두 마리를 당구장 친구에게 키워보라고 보낸 거였다. 불교 신자였던 친구는 암수 두 마리의 고양이를 두고 아담과 이브라는 거창한 이름을 지어주고 키웠다.

치즈 태비 코리안 쇼트헤어 두 마리는 동네 아이들이 각각 다른 곳에서 주워 왔는데도 남매처럼 닮았고 서로도 잘 지냈단다. 그러다 발정 난 이브가 방충망을 뚫고 집을 나가는 일이 발생했는데 그 와중에도 아담은 친구가 올 때까지 창문 앞에 웅크린 채 앉아 있었다고 했다.

친구는 몇 달이나 함께 지냈는데도 아담이 자기에게 마음을 열지 않아 서운하다며 투덜거렸다. 하지만 함께 살아보니, 아담은 은둔형 외톨이 기질이 다분했고 새끼 때 사람들에게 학대받은 기억 때문인지 사람들을 무척이 나 경계했다. 학대한 인간들 중에는 내 친구도 포함된다.

개를 몇 년 키웠던 친구는 개처럼 고양이도 길들일 수 있다고 생각했고, 실제로 먹는 것과 물리적 학대를 통해 서 아담을 길들이려 했다. 아담은 친구가 제 이름을 부를 때마다 귀를 납작하게 접고서 눈을 내리깔았다. 발바닥 젤리가 홍건해질 만큼 땀을 흘리기도 했다.

그래서 그랬을까. 처음 내 집에 온 날, 아담은 내 품에 기어들어와 가슴팍에 머리를 대고 잠들었다. 혹여 아담 이 깰까 봐 몸도 제대로 움직이지 못하고 그렇게 몇 시간 을 보냈는데, 나의 얼굴은 제 마음대로 울퉁불퉁 부어오 르고 말았다. 너무 흉측해진 몰골에 나는 급히 응급실에 다녀와야 했고, 알레르기 반응검사를 다시 해야 했다. 내 게 가장 심한 알레르기를 일으키는 인자는 고양이 털이 었다.

나는 하는 수 없이 아담을 돌려보냈다. 하지만 사흘 동안 나는 가슴팍에 안겼던 아담의 온기를 잊지 못해 제대로 잠을 이룰 수 없었다. 또 어떻게 학대받고 있을지 모를 일이었다.

나는 다시 아담을 들이기로 했다. 젤리에 땀이 맺힐 정도로 무서워하는 친구와 격리시키기 위함도 한몫, 내가 아담의 온기에 의지하고 싶은 마음도 한몫했다. 쥐가 싫은 것은 이 모든 것의 원초적인 동력이 되었음은 물론이고.

보자마자 나를 집사로 간택했던 아담은 내 집에 온 이후부터는 나를 길들여 갔다.

아담은 배변 장애가 있었고, 그럼에도 내 위에 군림하려고 들었다. 나는 언제나 아담이 큰일을 보고 나올 때를 기다렸다가 항문을 닦아주어야 했다. 그렇지 않으면 아담은 침대 헤드에도, 하얀 이불에도, 러그에도 일명 '똥꼬스키'를 타고 다녀 나를 곤란하게 했다. 어쩌다 항문을 닦아주지 않으면 그렇게 '똥꼬스키'를 타고 다녀서 항문이 헐어버렸다. 누가 고양이는 손이 덜 가는 반려

동물이라 했는가.

아담은 원하는 게 있으면 반드시 관철하는 편이었는데 한번은 사료를 바꿔주지 않자 내 구두 안에 오줌을 싼 적도 있었다. 이후에도 마음에 들지 않는 상황을 만나면 종종 오줌 테러를 했는데 화장실 모래를 두부 모래로 바꿀 때도 그랬다. 아담은 종일 화장실에 가지 않고 기다렸다가 내가 집에 들어오자마자 침대에 올라가 아주 길게 오줌을 누었다. 보란 듯이. 내가 소리를 지르고 난리를 쳐도 다음 날에도, 그다음 날에도 아담은 내게 져주지 않았다. 하는 수 없이 나는 한밤중에 편의점 몇 군데를 돌아 아담이 원하는 푸석한 모래를 사다 바쳐야 했다.

나는 엄마가 사다준 구스 이불도, 오래된 오리털 이불도 버렸다. 침대 헤드도 떼어냈고, 이후엔 매트리스도 버렸다. 그 후에는 침낭을 접었다 펼쳤다 하면서 잠을 청했다. 단출하니 편하기까지 한 건 굴종이 익숙해서인지도 모른다.

하지만 이런 것을 제외하고는 괜찮다. 가위에 눌려 잠에서 깰 때면 언제나 옆에 앉아 나를 바라보고 있고, 항상 같이 밤을 새주고, 어딘가 부딪쳐 아프다 소리를 내면 발딱 일어나 내게 다가온다.

내가 너와 함께 있어.

아담이 늘 이렇게 말해주는 것 같다. 망상일까? 그럼 너무 슬플 것 같은데.

두 번째 고양이 바라

두 번째 고양이 '바라'를 입양한 것은 내가 등단한 2011년도의 일이다. 건너, 건너 아는 분의 페르시안 친칠라가 다섯 마리의 새끼를 낳았다는 소식을 들었고, 그 중 수컷 한 마리를 데려왔다. 정작 친칠라의 집사는 빼놓고, 소개자와 친칠라 집사의 남자친구에게 장어덮밥을 사주고서 말이다.

부모 모두 흰색이었지만 새끼 바라는 회색 털이 많은 고양이였다. 엄마 젖을 떼고 내게 온 바라는 '똥꼬 발랄'하였고 구김살이 없었으며 낯가림을 하지 않았다. 바라는 묘하게 멍한 표정으로 세상의 모든 것에 호기심을 발산했다. 세상의 어두운 면을 한 번도 만난 적이 없는 존재만이 갖는 대범함과 발랄함이 있었다.

바라는 몇 살 많은 아담의 보호 아래 잘 컸다. 신기하게도 아담은 바라가 성묘가 되기 전까지 밥도 함께 먹지 않았다. 그 좋아하던 간식 캔도 바라가 먼저 먹고 남긴 것을 먹었다. 큰 고양이가 어린 고양이를 보호하고 배려하는 게 신기할 정도였다. 동물병원에서 들은 이야기인데, 원래 다 큰 고양이들은 새끼 고양이들을 보호하면서 지낸단다.

물론 지금은 안 그런다. 조용하다 싶어 뒤돌아보면 둘의 앞발이 엉키어 있는데, 노는 것 같기도 하고, 싸우는 것 같기도 하다. 가만 보면 아담이 바라의 목이나 앞발을 물려고 달려드는 것 같다고 이야기하면, 나의 친구들은 나를 나무란다. 바라를 들이고 내가 편애를 해서 아담이 그러는 거라고. 아담 좋다 할 때는 언제고, 이제 바라만 챙기느냐고. 왜 만날 나와서 아담 흉을 보느냐고 말이다. 내가 얼마나 아담을 사랑하는데, 그건 정말 오해다.

우리 셋은 언제나 한 이불에서 잔다. (손 여사와 아버지의 한숨 소리가 들리는 것 같다.) 잘 때 아담은 내 오른쪽, 바라는 왼쪽 머리맡에 자리를 잡는다. 내가 베개를 베고 누우면 아담은 앞발로 내 머리를 빗어주듯 그루밍을 해준다. 하루 동안 자기를 잘 섬겨서 칭찬하는 것인지, 여러 번 앞발을 움직여 머리카락을 쓰다듬어 준다. 바라는 내 베개를 같이 베고 내 얼굴 근처 어딘가에 자기 앞발을 붙이고 잔다. (바라는 내 얼굴만 나로 인식하고 있는 게 분명해 보인다. 아담이 내 몸을 건너 움직이는 데 반해, 바라는 내 머리 아래는 모두 밟고 다니기 때문이다. 물론 고양이들은 정말 안전한 것만 밟고 다닌다고 하는데, 바라가 보기에 나는 정말 안심할 정도의 '무엇'인가 보다.) 아담보다 바라가 내 얼굴 가까이에 몸을 붙이고 잔다. 장모종인 바라의 가늘고 고운 털이 내 숨통을 막지나 않을까 걱정했던 적도 있었다. 하지만, 뭐 그렇게 죽어도 나쁠 것 같지는 않다.

바라가 제일 좋아하는 것은 '궁디 팡팡'이다. 심한 중독 상태다. 바라는 나만 보면 엉덩이를 들이밀며 신호

를 보낸다. 손님이 와도 마찬가지이다. 손맛이 좋은 손님
은 잘 기억해 두었다가, 어김없이 궁디를 가져다대고는
꼬리로 다리를 쳐가며 어서 궁디를 쳐달라고 다그친다.

쾌락주의묘, 바라. 포기를 모르는 바라는 오늘도 궁디
를 팡팡 쳐주는 누군가를 기다리고 있다.

밤을 샐 때 아담이 노트북 옆에 붙어 나를 지켜줬던 것
처럼, 이제는 바라가 나를 지켜준다. 바라는 언제나 내
옆에 있다. 내 무릎 위에 있고, 내 얼굴 가까이에 있고, 내
손 근처에서 꼬리를 흔들고 있다. 덕분에 내 노트북은 여
러 번 뚜껑을 열어 하얗고 노란 고양이털을 제거하는 수
리를 해야 했지만 뭐 어떤가. 유리알처럼 투명하고 맑은
눈동자가 나를 지켜주고 있는데 말이다. 소설가로 살아
가기에 이보다 좋은 동반자는 없을 듯하다.

4부

옥탑방 고양이

금세 이사를 나갈 수 있을 거라고 생각했는데, 나는 몇 년이나 부모님 건물 옥탑에서 무상거주를 해야 했다. 같은 건물에 살고 있다고 해서 왕래가 잦은 건 아니었다. 아버지는 내가 이사 온 이후 단 한 번도 옥탑에 올라온 적이 없다. 물론 그전에도 아버지가 옥탑에 올라온 일은 없었다. 손 여사는 가끔 부부싸움을 하다 부아가 치밀어 오르거나 말할 상대가 필요하면 옥탑에 오르곤 했는데 그런 일도 자주 있는 것은 아니었다. 내가 부모님 집에 내려가 밥을 먹거나 하는 일도 거의 없었다. 어느 순간부터 손 여사가 하는 음식들은 내 입에 맞지 않았다. 잘 붓는 내게 손 여사의 음식은 지나치게 짰다.

그래도 손 여사는 내 냉장고 속을 채워주는 데 신경

을 썼다. 손 여사는 나를 위해 산 음식물들을 옥상으로 오르는 계단참에 두고 전화를 하거나 문자 메시지를 남겼다.

은밀한 비대면, 비접촉 거래가 계속 이어지는 동안 손 여사가 살뜰히 챙겨주는 채소와 과일 등은 냉장고 가득 쌓여갔다.

나는 가끔 손 여사에게 신사임당 몇 장을 쥐여주는 걸로 마음의 짐을 덜었다. 이렇게 손 여사 부부와 나는 큰 관여 없이 가끔 집 앞을 오가는 중에 만나 서로의 생존을 확인하며 살았다. 손 여사 부부는 손 여사 부부대로 살고, 나는 나대로 살았다. 집주인과 세입자처럼.

이십 대 중반에 독립 아닌 독립을 했던 나는 여러 번 집으로 돌아왔다 다시 나가기를 반복했지만 이번처럼 길게 집에 머무른 적은 없었다. 물론 집으로 돌아와서 손 여사 부부의 감시와 보살핌 아래 사는 것은 꽤 많은 안정을 주긴 했다. 손 여사 부부가 크게 내 삶에 관여하고 있지 않아도 왠지 모를 나른한 평화와 맘 편한 게으름이 계속 발동되는 걸 보면, 그래서 집, 집, 집 하는 모양이다.

나는 오 형제 중 유일하게 홀로 늙고 있는 관계로 손 여사 부부의 걱정투성이 자식이다. 손 여사 부부가 나를 더욱더 걱정하는 것은 아담과 바라와 함께 사는 삶에 지나치게 만족하는 듯 보이기 때문이기도 하다.

나는 코리안 쇼트헤어 '아담', 페르시안 친칠라 '바라'와 함께 산다. 아담과 바라는 시간차를 두고 나에게 왔고 우리는 벌써 십여 년을 함께 살았다.

나와 다르게, 나의 다른 형제들은 나에게 조카를 일곱이나 선물했다. 나는 그 일곱의 조카들과 아담과 바라를 늘 한 결로 생각하고 말한다. 아버지가 실눈을 뜨고 나를 째려보아도, 손 여사가 엉덩이가 들려 올라갈 만큼 펄쩍 뛰어도 나는 그러하다.

그런 손 여사지만 아담과 바라는 가끔 봐줬다. 내가 외국에 나갈 일이 있거나, 지방 출장을 갈 때면 어쩔 수 없이 고양이들의 밥과 화장실을 매일 챙겨줬다. 손 여사 입장에서는 일이기 때문에 적잖이 사례를 해주는데도, 손 여사는 매번 둘 중 하나는 어떻게 하라고 성화였다. 손 여사가 그럴 때마다 나는 우리 애들도 손자로 생각하라고 눈을 부릅떴다. 손 여사가 까무러칠 정도로 뜨악한 표정을 지을 때까지 말이다.

손 여사는 말한다. 어디 가서 고양이 이야기 그렇게 하고 다니지 말라고, 정신 나간 년 같아 보인다고 말하면서도 내가 없을 때 아담이 손 여사의 손에 앞발질을 한 것이며, 아담을 부르면 바라가 질투를 해서 자기가 먼저 달려온다고 우스워 죽겠단다.

곁에서 아버지가 거든다. 짐승이랑 입 맞추는 거 아니라고. 개는 좋지만 고양이는 별로라고. 집에 데려다놓은 아담을 옆구리에 끼고 다니면서 아버지가 그런 소리를 한다.

이식받은 보수

시사평론가 김용민의 『보수를 팝니다』에 보면 보수를 모태 보수와 기회주의 보수, 그리고 무지몽매 보수 등으로 구분한다.

모태 보수는 선천적 보수로 태어날 때부터 여유로운 삶을 살았고 그래서 기득권을 잃지 않을 거라는 믿음이 있어서 감정적인 상황에서도 여유롭게 대처하는 모습을 보인다. 기회주의 보수는 변절자 그룹으로, 강한 승부수를 가지고 있지만, 조급하기 때문에 언제든 돌아설 수 있는 부류이다. 그들이 살아남는 방법이기도 하다. 무지몽매 보수는 속고 있는 사람들을 말하는데, 그럴듯한 공약에 속고, 속은 뒤에도 속은 것조차 자각하지 못하는 이들을 말한다. 스스로 노예가 되는 그룹이라고 김용민은 분류하고 있다.

나의 부모는 이런 분류에 딱 맞아떨어지는 사람들은

아니다. 어쩌면 무지몽매 보수이기도 한 것 같지만, 어떤 때에는 아주 문제를 제대로 인지하고 합리적인 의심을 쏟아낼 때도 있다. 나보다 더 트인 생각을 가지고 있기도 하다.

이건 그렇게 단순히 분류할 수 있는 건 아닌 것 같다. 아마도 이렇게 세 분류에 분명히 해당하는 이들은 아주 정치적인 이들이지 않나 하는 생각이 든다.

경상남도 사람인 손 여사는 특히 지역 편향이 아주 강한 편이다. 전라도 사람들은 언제나 뒤통수를 친다는 이야기를 아무렇지도 않게 했고, 김대중 전 대통령에 대한 험담을 과하게 하기도 했다. 손 여사와 친한 사람들 중에서도 전라도 사람들은 많았고, 동네에도 전라도에서 상경한 사람이 많았다. 그런데도 손 여사는 누가 들을 새라 목소리를 낮추면서 전라도 사람들을 흉봤다. 어떤 것들은 자신의 체험에서, 어떤 것들은 건너 들은 것에서 추출해 일반화했다.

87년도 대통령 선거철, 우리 집에는 거제 출신이라며 일수를 놓는 아줌마가 매일 들르다시피 했다. 아줌마는 손바닥 수첩을 펼쳐 일수 도장을 찍고서도 한참을 앉았다 갔다. 아랫목에 들어앉아 내내 귤을 까먹으면서 말이다.

어린 내가 보기에도 일수 아줌마는 손 여사의 정신을 지배하는 것처럼 보였다. 김영삼과는 함께 컸다, 집안끼리 알고 지내는 사이다, 하는 확인할 수 없는 이야기들이 오갔고, 그런 사실관계 확인이 어려운 이야기들이 오가는 동안 손 여사는 고향 언니를 맞는 자세로 공손히 일수 아줌마를 대했다.

아줌마는 더러 민주정의당 로고가 박힌 분홍 보자기에 반합세트를 싸 가지고 오기도 했고 지금은 없어진 종합선물세트 같은 것을 들고 오기도 했다.

대선에서 노태우 후보가 당선되고 일수 아줌마는 더 이상 집에 물건들을 들고 오지는 않았다.

1992년 대통령 선거 시즌이 되자, 손 여사는 본격적으로 김대중 후보를 비방하기 시작했다. 나란히 붙은 벽

보를 보고서, 전라도 사람이 대통령이 되면 북한이 쳐들어올 거라고도 했다. 반드시 민주자유당의 김영삼이 대통령이 되어야 한다고 눈에 힘을 줘가며 말했었다.

나는 처음 이식받은 정치적 선입견 때문에 손 여사가 비방한 사람들에 대해 부정적인 생각을 가지게 되었다. 그리고 그건 꽤 오랫동안 내 의식 안에 자리했다.

셋째 딸은 소고기가 싫다고 했어
(GOD 버전으로)

어버이날이 되면 가족들이 집에 다녀간다. 나도 그날이면 뭔가를 해야 한다는 생각에 빠지게 된다. 언젠가부터 선물은 의미 없다고, 돈 낭비하지 말라고 뭘 사지도 못하게 하는 손 여사. 그래도 현금 봉투는 마다하지 않는다.

하지만 그 현금은 오로지 손 여사의 주머니에만 머무른다. 손 여사는 아버지에게 절대 돈을 못 주게 하는데 그건 아버지가 돈만 생기면 막걸리를 사다 마시기 때문이다. 매일 혼자 막걸리를 마시는 아버지. 혼잣말도 늘어가고 있다. 함께 사는 건 손 여사이니, 나는 우선 손 여사의 정책을 따를 수밖에.

그래도 돈으로 퉁치는 건 너무한 일 같아 가끔 셋이서 동네에 있는 꽤 괜찮은 한우 전문점에 소고기를 먹으러

간다.

돈 아끼라는 말을 주문처럼 외우는 손 여사도 1등급 한우는 무척 좋아한다. 아버지는 특히 육회를 좋아하는데 후루룩 소리가 날 정도로 흡입한다.

꽃등심을 3인분 시켜 굽고 있으면 부부의 손이 빨라진다. 손 여사는 빨간 게장도 꽉꽉 잘 씹어 먹는다. 이가 약한 아버지는 핏기가 덜 가신 소고기를 좋아한다. 금세 3인분이 끝이 나고, 추가로 육회를 시킨다. 그것 역시 후루룩.

"뭘 더 시킬까?"

보통 이렇게 이야기하면, 후식 냉면이나 밥을 시키자고 할 법도 한데,

"살치살 시키자."

그렇지. 손 여사는 그런 법이 없다.

"소고기는 살치살이지."

아버지도 거든다.

"너도 좀 먹어."

오물오물 살치살을 씹으며 아버지가 말한다.

"난 배불러. 점심 늦게 먹었어."

아, 뭐 이런 드라마에서나 나올 법한 멘트란 말인가.

나도 어디 나가면 한 육식 하는데, 부모 앞에서는 젓가락을 안 휘날리게 되는 것이다.

셋이서 얼마면 어떠랴. 가끔 한 번인데. 이렇게 오래오래 잘 드셨으면 한다.

순수 보수의 마음

어린 시절, 나는 손 여사 부부의 자랑이었다. 특히 아버지는 나를 다른 형제들에 비해 더 많이 예뻐했는데, 그 편애의 기준은 자신을 더 많이 닮아서였다. 어떤 기준을 가지고 공명정대하게 자식들을 대하는 편이 아니었던 손 여사 부부는, 자주 자식들에게 서운함과 억울함을 안겨주었는데, 대체로 나는 그런 것을 겪지 않고 컸다. 나는 손 여사 부부가 원하는 모습에 어느 정도 맞춰 성장했고, 또 스스로를 잘 포장할 줄 알았다.

그런데 서른 중반을 넘긴 채 다시 집으로 돌아온 딸이라면 이야기는 달랐다.

토착주민이 많은 우리 동네에서는 어디를 가나 누구네 집 딸이라는 게 따라다닌다. 쉽게 쑤군거리는 사람들 천지다. 나는 몰라도, 그들이 나를 알고 있는 경우가 부지기수다. 그렇다 보니 내가 동네를 다니면서 무슨 일을 하고, 어떻게 하고 다니는가 하는 것도 다 공유가 된다. 전통사회 촌락의 모습을 그대로 안고 살아가고 있는 동네가 바로 우리 동네였다.

옥탑에 이사 온 후, 처음에는 동네를 돌아다닐 때 아무렇게나 옷을 입고 다녔다. 누가 나를 신경 쓸까 하는 생각도 있었고, 그런 게 부모의 얼굴에 뭔가가 되리라고는 생각지도 못했다.

하지만 그게 아니었다. 손 여사는 내가 입고 다니는 '한강마스터즈' 바람막이를 제발 입고 다니지 말라고 했다. 짧은 반바지나, 민소매 같은 것도 마찬가지였다. 흉하다는 게 이유였는데, 그게 예의가 아니라서인지, 내 몸이 흉하다는 건지 나는 잠시 고민이 되기도 했다. 아무튼, 뭐 그렇게 노출을 할 생각도 없었으니까 그건 오케이!

동네 헬스클럽에 등록을 하고 있는데, 어디서 보고 따

순수 보수의 마음

라온 것인지 아버지가 클럽에 들어와 있었다. 아버지는 클럽 관장과 잘 아는 사이라고 했다. 두 분이 대화를 나누시기에 옷을 갈아입으러 들어갔는데, 안에서 듣기에도 우렁찬 아버지의 목소리가 들렸다. 귀가 어두워지고 있어서 아버지의 목소리는 대화할 때도 종종 소리를 치는 것처럼 커졌다. 나에게 어떤 특혜를 베풀어 달라고 청하는 아버지의 목소리엔 클럽 안에 있는 모두가 들을 만큼 힘이 실려 있었다.

"우리 딸은 소설가요! 대학에서 학생들도 가르치는 교수고! 그러니 좀 싸게 해줘야지."

이런 문장이 학생들의 소설 속에 있다면, 나는 좀 더 수정하라고 권했을지도 모른다. 생각 없이 대사를 쓰지 말라고.

하지만, 이건 아버지의 과잉된 마음이 투영된 말이었다. 다른 사람들은 실소를 머금을지라도, 딸에게는 단 하나라도 이익이 더 생기길 바라는 마음에서 펼쳐놓은 세련되지 못한 속내였다. 너무 소중해서 지키고 싶은 것, 그래서 과한 마음이 체면 따위는 생각도 않게 하는 것. 그런 것이었다.

아버지는 남동생이 군대를 갈 즈음에도 동생을 데리고 병무청에 간 적이 있었다. 내가 알기로 그렇게까지 부탁을 들어줄 관계는 아니었던 것 같은데, 아버지는 실낱같은 인연을 붙잡고 만남을 성사시켜 인사를 드리고 왔다.

남동생은 초등학교 1학년 때 십이지장 수술을 했었다. 그 때문에 배에는 9센티미터나 되는 수술 자국이 남았다. 그것보다 길면 현역병으로 차출되지는 않는다는데, 남동생은 딱 기준치 언더였다.

남동생은 현역병으로 입대를 했고 구파발에 있는 예비군 대대에 배치됐다. 행정병으로 복무 기간을 다 마치고 제대했다. 남동생이 징병 신체검사에서 받은 판정 그대로 군복무를 마친 것이다.

아버지의 노력과는 상관없이.

자식의 일이라면, 비빌 자리가 바늘 끝처럼 작아도 비벼 보는 게 아버지의 마음이었다.

헬스클럽 안에 우렁차게 퍼지는 아버지의 목소리를 듣는 그 순간에 나는 너무 창피해서 아버지의 옷깃을 당겨 끌었지만, 나의 아버지 역시 지나친 보수 우파지만, 나는 아버지를 너무 많이 사랑한다.

더블 클릭에 끝내 성공하지 못해 컴퓨터 배우기를 포기했지만 나 같은 자식은 절대 포기하지 못하는 아버지. 따뜻한 말의 세계를 가진 아버지.

전라도 사위는 안 돼!

둘째 형부는 전라도 사람이다. 사투리 하나 쓰지 않고 억양 역시 서울 사람인데, 부모님이 전라도 사람이라 형부까지도 전라도 사람이라 불린다.

그럼 나도 경상도 사람인가?

손 여사는 둘째 언니가 형부와 교제할 때만 해도 형부의 '적籍'이 전라도라는 것에 예민하게 반응했다. 어떻게 봐도 괜찮은 남자였던 형부에게 이상한 프레임을 씌워서 판단하고 있는 게 뻔해 보였다.

손 여사는 자주 회유하듯 둘째 언니를 얼렀다.

"선거철마다 싸울래? 정치가 다르면 다들 싸운다니까."

납득할 만한 부분이 없지는 않으나, 그건 어디까지나 언니와 형부가 강성일 때나 적용되는 일이었다.

하지만 손 여사의 생각은 달랐다. 선거는 생각보다 꽤 자주 돌아오기 때문에 무조건 싸우게 된다는 얘기였다.

손 여사는 마지막까지도, 같은 소리를 하며 둘째 언니의 결혼에 대한 우려를 감추지 않았다.

그럼에도 그런 장애는 장애도 아니라는 듯 두 사람은 결혼을 했고, 보는 것 읽는 것마다 거의 모두 다 기억하는 놀라운 뇌를 가진 아들을 낳고 잘 살고 있다.

정치적인 것은? 물론, 전혀 문제가 되지 않는다.

언니네가 방배동에 살 때 나는 둘째 형부를 '방배동 성자'라고 불렀다. 언니랑 살아주는 것만으로도 충분히 성자였다. 지금은 호주에 가서 살고 있으므로 '시드니 성자'라고 부른다.

둘째 형부 같은 남편을 만날 수 있다면 나는 적극 구애를 할 것이며, 정말 열심히 결혼 생활에 임해볼 마음의 준비가 되어 있다고 말할 정도다.

언젠가 부모님 집을 수리할 때, 둘째 언니가 조카를

데리고 집에 온 적이 있었다. 집 곳곳을 오가면서 챙기던 언니가 조카에게 잠시 눈을 뗀 사이, 조카는 집을 나가 혼자 버스 정류장까지 걸어 나갔다.

애를 잃어버렸으니 언니는 제정신이 아니었다. 가족 모두에게 울며불며 전화를 돌렸다. 나도 남동생도 전화를 받자마자 하던 일을 멈추고 집으로 향했다. 회사에서 프리젠테이션을 앞두고 있던 형부도 집으로 곧장 달려왔다.

다행히, 너무 어린 아이가 홀로 버스를 타는 걸 이상하게 여긴 사람이 있었다. 조카에게 어딜 가는 길이냐고 물었는데, 제대로 대답을 않자 곧바로 경찰에 신고를 했고 경찰에 인계된 조카는 곧 언니 품으로 돌아왔다.

내가 집에 도착했을 때는 이미 상황이 정리된 후였다. 형부는 조카를 안고 길 건너 집으로 돌아갈 채비를 하고 있었고, 언니도 퉁퉁 부은 눈을 하고서 놀란 마음을 다잡고 있었다.

그렇게 모인 김에 우리 형제들은 저녁을 함께 먹으러

전라도 사위는 안 돼!

갔다. 형부는 언니에게 조카와 함께 집에 가 있으라고, 처제와 처남과 맥주라도 한잔하고 들어가겠다고 했다. 하지만 언니는 절대 그럴 수 없다고, 무섭다며 형부 손을 잡았다.

우리 모두는 일본식 우동 전문점에 마주 보고 앉았다.
"오빠 나 손 떨려서 못 먹겠어."
언니가 손을 바르르 떨며 말했다.
형부는 말없이 언니 손을 잡아주고 왼손으로 식사를 했다.

사람이 참 아름답다는 생각이 들었다.
형부란 사람이 참.

한참 직장에서 일하고 있는데, 집에서 애를 놓쳐서 일하고 있는 사람을 오게 했으니 잘못을 따져 나무랄 만도 한데 형부는 그러지 않았다. 그렇게 사람을 대한 적이 없었다. 언제나 차분했고 침착하게 상황을 바라보고 정리했다. 쉽게 흥분하고 겁이 많은 언니를 언제나 먼저 달랬다.

형부는 직장에서도 인정받는 사람이었다. 굴지의 IT 기업에 다니고 있었는데, 본사로 발령이 나는 바람에 시드니로 거주 자체를 옮겨야 했다. 혼자 6개월을 먼저 지냈고, 후에 언니와 조카가 건너갔다.

덕분에 나도 한 보름 정도 시드니에 다녀왔다. 언니네와 함께 지내면서 시드니 곳곳을 여행했다.

귀국을 앞둔 휴일, 나는 언니네 가족과 함께 블루마운틴으로 향했다. 하지만 다양한 체험을 하려고 해도 고소공포증이 있는 언니는 그런 걸 즐길 수가 없었다. 내가 언제나 조카와 함께였지만, 조카는 아빠와 즐기고 싶어 했다.

"왜 엄마는 이런 것도 못 타요?"

잔뜩 부풀어 오른 양 볼을 하고 조카가 물었다.

"이런 걸 좋아하는 사람도 있고 무서워하는 사람도 있는 거야. 엄마는 그걸 무서워하는 사람이고. 그렇게 말하면 안 돼."

형부는 차근차근 설명했고 조카도 더 이상 말을 붙이지 않았다.

형부는 언제나 언니 편이었다. 내가 볼 때에는 언니의 비논리가 문제인 것처럼 느껴진 적도 여러 번 있었지만, 형부는 언제나 언니를 먼저 챙겼다.

시드니에 가기 전까지 손 여사는 급한 일이 생길 때마다 둘째 형부를 찾았다. 가장 가까이 살고 있기도 했고, 가장 미더운 자식이자 사위이기 때문이다. 아버지는 노래방에 갈 때 둘째 형부의 손을 잡고 간다. 손 여사 부부는 형부를 김 서방이라고 부르지 않고 이름을 부른다. 어떤 때는 자식들보다 더 아끼는 것 같기도 하다.

그리고 이제 손 여사는 전라도 사위는 안 된다는 소리는 하지 않는다.

아버지의 전향 1

나는 아버지의 두 번의 전향을 기억하고 있다. 한 번은 종교적 전향, 또 한 번은 정치적 전향이었다.

손 여사 부부는 젊은 시절부터 천도교 신자였다. 우리 형제들도 어릴 때에는 '사람이 곧 하늘'인 인내천 사상과 '한울님'을 믿었다.

나는 지금까지 단 한 번도 천도교 신자라고 밝히는 사람을 만난 적이 없다. 교과서 안에서 '동학농민운동'과 더불어 천도교를 배웠을 뿐이다. 친구들에게 우리 가족이 천도교를 믿는다고 말하면 다들 '진짜 믿는 사람이 있긴 있구나.'라며 의아해했다. 이상한 제단을 차려놓고 기도를 할 것 같다고 농담을 던지는 친구들도 많았다.

손 여사 부부는 진보적인 세계관에 매료되어 천도교를 믿게 되었다고 했다. 대대로 불교 집안이며 암자도

가지고 있고, 파계승의 막내아들인 아버지가 천도교를 믿겠다고 했을 때, 집안의 반대가 대단했다고 큰엄마가 말해주었다.

젊은 시절 아버지도 혁신적인 진보였으리라.

어린 시절, 저녁 9시만 되면 우리는 항상 정화수를 떠놓고 기도를 했다. 손 여사는 맑은 물을 떠서 우리를 소반 주변에 둘러앉게 했다. 그리고 염주를 나눠주고 기도를 시작했다.

'지기검지원이대강시천주조화정영세불망망사지.'

까먹지도 않는다. 한 줄을 다 읊어야 염주 한 알을 옮길 수 있었다. 그렇게 하면 9시에 시작한 기도는 10시가 다 되어 마쳤다.

손 여사는 기도를 마친 물로 항상 밥을 지었다. 첫 주걱으로 뜬 밥은 아버지 밥그릇에 담아 아랫목에 넣어두었다.

나는 손 여사를 따라 안국역에 있는 천도교 본당에도 여러 번 갔었다. 손 여사는 매주 교회에 나갔지만 아버지는 드문드문 나갔다. 손 여사는 자식들에게도 교회에 가는 것을 강요하거나 지시한 적이 없었다. 어쩌다 한 번씩 가는 게 다였고, 그마저도 나나 남동생 정도만 그랬다.

교회에 갈 때마다 손 여사는 천도교를 믿는 애들은 역사 점수가 항상 만점이라며 한국 근현대사 속에서 천도교가 얼마나 중요했는지를 이야기했지만 나는 방정환이나 어린이날 정도만 머릿속에 담아두었을 뿐, 다른 건 신경 쓰지 않았다.

교회에 열심이지 않았던 아버지였지만, 아버지는 자식들이 다른 종교를 갖는 것에는 아주 불같이 화를 냈다. 아버지가 싫어하는 게 두 가지 있었는데 하나는 노름이었고, 하나는 기독교였다. 노름은 할아버지 때문이라고 알고 있다.

기독교는 아버지가 좋아하지 않는 포교 방식을 가지

고 있었다. 자주 사람을 불러내고 뭔가 집단생활을 강요하고, 원하지 않는 친밀함을 이어 가야 하는 것 등이 아버지의 마음에 들지 않았던 것이다. 집 안에 성경책이 있는 걸 보고 아버지가 대노한 적도 있었는데, 그건 왠지 모르게 아버지의 기억과 싸우는 모습 같기도 했었다.

그랬던 아버지가 전향을 했다.

아버지가 쓰러져 입원해 있을 때, 기독교인들이 찾아와 기도를 해주고 갔다. 그래서 나는 부모의 개종 사실을 알게 되었다. 더불어 매일 문자를 보내는 목사가 있다는 것도 알게 되었고, 주일마다 기도를 하러 나간다는 것도 알게 되었다.

세상에나! 아버지가!

배신감이 뼈에 사무쳤다.

그렇지만 곧 나는 아버지의 전향을 받아들이게 되었다. 아버지는 사교적이지 못했다. 하지만 화통하게 말을 잘하는 편이었다. 사람은 싫어했지만 우스갯소리를 곧잘 해 분위기를 띄우기도 잘했다. 금세 변덕이 생긴다는 단점이 있지만 말이다.

그런 아버지에게 교회란 무조건적으로 마음을 열어 반겨주는 유일한 곳인지도 몰랐다. 하나님의 자식이란 이름 아래 똑같은 공동체 일원이 되고, 늘 좋은 말을 나누고, 행복을 기원하면서 오늘을 되돌아보는, 그러면서 가까워지는 커뮤니티였는지도 모른다.

교회는 충분히 그 역할을 해주고 있었다.

시골에서 자란 아버지에게 품앗이를 해주고, 밥을 함께 나눠 먹고, 걱정을 나눠 해줬다. 그리고 매일 건강하라고 기도를 해주고, 그런 내용을 문자로 보내줬다.

누가 봐도 다섯 자식들보다 나았다.

돈은 돌고 돌아 돈이다

손 여사도 교회에 나갔다. 권사라는 직함도 얻었다. 부부가 함께 나란히 교회에 나갔을 것 같지는 않다. 교회를 다닌다고 해도 열성적으로 주일을 지키는 하나님의 '종'이 되지도 못했을 것이다. 나는 그렇게 대충 짐작을 하고 있었다.

어느 날, 손 권사는 내게 밥을 먹자고 청해 왔다.

저녁 무렵 손 여사는 오리고기 집으로 나를 데려갔다. 그러고는 오리고기 대신 삼겹살을 시켜줬다.

손 여사는 그 당시 나의 돈벌이가 시원찮아졌다는 것을 알고 있었다. 글을 더 열심히 쓰기 위해 일을 줄인 것이었지만, 글도 변변치 못했고, 일도 생각보다 확 줄어 경제적으로 여유가 없을 때였다.

고기를 먹고 나오며 손 여사가 말했다.

"삼겹살 전문점으로 갈 걸 그랬나?"

"실컷 잘 먹고 그래."

내가 답했다.

"교회 한번 안 가 볼래? 우리 목사님도 젊어 소설을 썼다던데."

나는 손 여사를 쳐다봤다.

"엄마 마음 안에 하나님이 있어? 진짜 하나님이 있으면 내가 나가 볼게. 근데 그거 아니면 교회 가자고 하지 마."

손 여사는 할 말이 더 있는 것 같아 보였지만 말을 아꼈다. 그리고 그날 저녁, 옥탑방에 봉투 하나를 들고 올라왔다.

"밥이나 사 먹어라."

손 여사는 다른 말도 없이 옥상을 내려갔다.

밥 먹다 나눈 이야기 때문에 마음이 쓰여서 그랬나. 시간강사나 하면서 늙어 가는 게 안타까워 그런가. 별 생각이 다 들었다.

돈은 돌고 돌아 돈이다

봉투 안에는 세종대왕 얼굴이 한 방향으로 정리된 만원권 다섯 장이 가지런히 들어 있었다. 돈을 셀 때나 지갑에 넣을 때 항상 돈에 그려진 얼굴이 나란히 한 방향으로 보이도록 정리하는 건 손 여사의 오래된 버릇이었다.

나는 돈을 받아들고 한참을 생각했다. 이거, 이거 교회를 나가야 하나, 고민이 들기도 했다.

그리고 나는 손 여사와 오리고기 집에서 삼겹살을 먹고 나눈 이야기와 돈 봉투를 찍은 사진을 페이스북에 올렸다.

몇 시간 후에 남동생이 댓글을 달았다.

'용돈도 받고 좋네.'

다음 날, 손 여사가 외출하는 나를 불러 세웠다.

"아주 푼수가 없어, 푼수가!"

그걸 페이스북에 올리면 어떻게 하냐고 나무랐다. 이유인즉, 남동생이 와서 주고 간 용돈을 떼어준 것인데,

그걸 받았다고 페이스북에 올리면, 자기는 뭐가 되느냐
는 말이었다.

　돈은 돌고 도는 법이니까. 그래서 돈이 아닌가?

　그래도, 가족과는 페이스북 친구 안 하는 것으로!

아버지와 회초리

손 여사가 매를 자주 들었던 편인 데 반해 아버지는 거의 매를 들지 않았다. 기본적으로 때리는 걸 싫어했다. 물론 100%는 아니다.

30대 후반의 젊었던 아버지는 자신의 신조를 잘 지키는 편이었는데, 그때 자식들은 그 마음을 헤아리지 못했다.

여간해서 회초리를 들지 않았던 아버지가 회초리를 들었던 때가 있었다. 남동생 때문이었다.

당시 남동생은 딱지 깜보(격 없는 친구)를 사귀어 포대 하나 가득 딱지를 가지고 있었다. 그렇게 많은데도 매일 딱지를 쳐서 따고, 종이를 접어 딱지를 만들었다. 집에 돌아다니는 종이들은 모두 딱지가 되는 격이었다. 하나둘로 시작해서 딱지를 따서 한 포대가 되었는데도

이 녀석들은 딱지를 그냥 많이 가지고 싶어 했다. 자본주의의 마음이 그러한 건지도 모른다.

그러다 각자의 집에 있는 종이를 다 털어 쓰고, 그래도 성이 안 차자, 이웃집에 들어가 아무 종이나 가져다 딱지를 접었는데 이웃집 언니의 책으로 딱지를 접은 것이었다. 온 동네 사람들이 그 사실을 다 알게 되었고, 퇴근하고 돌아온 아버지도 알게 되었다.

아버지는 결단을 내린 듯 우리를 불러 모았다. 손 여사가 혼낼 때와 똑같이, 우리는 일렬로 나란히 앉아 아버지를 바라봤다.

아버지는 꺾어 온 회초리를 아버지와 우리 사이에 놓았다. 우리들 무릎과 평행하게.

"이 모든 건 너를 잘못 가르친 내 탓이다. 그러니 날 쳐라."

아버지는 말이 끝나기가 무섭게 양복 바짓단을 주섬주섬 접어 올렸고, 벽을 잡고 섰다. 알이 박힌 아버지의 두 종아리가 드러났고, 우리는 어찌할 바를 몰랐다.

아버지와 회초리

가장 당황한 것은 남동생이었다. 소맷부리로 눈물을 닦으며 잘못했다고 빌었다. 하지만 아버지는 단호했다.

"네가 날 안 때리면, 내가 널 때리겠다!"

라며 엄포를 놓았다.

그 말에 훌쩍이던 남동생이 겁먹은 표정으로 회초리를 들었다. 그리고, 그리고, 아버지를 때리기 시작했다. 엉엉 울면서였지만, 때렸다.

첫 회차 회초리가 날아들자 아버지는 적잖이 당황한 얼굴이었지만 그대로 참고 있었다. 아프기도 한 모양이었지만, 그래서 자꾸 뒤를 돌아 회초리질을 하는 남동생을 쳐다보았지만, 맞고 있을 수밖에 없었다. 우리 오 남매는 울고불고 난리를 쳤지만, 남동생은 몇 대 더 회초리를 휘두르고 멈췄다.

어색하게 우리는 자리를 정리했고, 아버지는 방으로 들어갔다. 그리고 다시는 회초리를 꺾어 오지 않았다.

아버지의 전향 2

아버지의 첫 번째 전향은 개종이었다. 가족의 종교였던 불교를 버리고 천도교를 믿었으나, 그것마저도 저버리고 기독교를 택했다.

요즘은 그마저도 아닌 것 같기는 하지만, 아무튼 첫 번째 전향은 그렇다.

아버지의 두 번째 전향은 정치 분야에서 이뤄졌다. 아버지 역시 오랫동안 보수였다. 경상도 출신에, 경상도 기반의 정당을 지지해 왔었다.

그랬던 아버지가 민주당으로 마음을 돌린 것이었다. 때는 이명박 정권 때였다. 아버지는 곳간을 맡겨놨더니 이것들이 나라를 거덜 낼 판이라며 화를 냈다. 그리고 민주당을 지지하겠다고 선언했다.

그래서 18대 대통령 선거 때에는 손 여사만 챙기면 되었다. 나는 투표장까지 손 여사를 모시고 갔다. 반드시 2번을 찍었으면 하는 마음에서였다. 아버지는 알아서 잘할 것으로 여겼다.

대통령 선거 결과를 받고 나는 손 여사에게 솔직히 누굴 찍은 거냐고 물었다. 손 여사 때문에 이렇게 된 거 아니냐고, 나는 이제 시간강사도 못 해 먹을 거라고 퉁명스럽게 말했다.

그러자 손 여사는 자기 때문이 아니라 토론회에서 이정희 후보가 한 말버릇 때문에 불쌍해서 많이 찍어줬다는 말을 했다. 더 말은 안 했지만 손 여사도 그랬다는 얘기였다.

19대 대통령 선거일이 되었을 때, 그때도 나는 손 여사만 챙겼다. 개표 중계를 보다, 문득 아버지는 어떻게 했을까 궁금해졌다.

"아버지는 누구 찍었어?"

라고 묻자,

"홍준표 아이가!"

하는 거였다.

"뭐? 민주당으로 바꿨다며?"

하고 묻자,

"남자는 좀 저렇게 치는 맛이 있어야 속이 시원하지."

하는 거였다.

"홍준표가 남자면 그럼 다른 사람들은 뭐야?"

"쪼다지."

아버지와의 정치 이야기는 여기까지다.

TV 토론회가 이렇게 중요하다.

5부

Primave, 미완의 봄

나는 오늘도 오래도록 본다. 봄꽃 환한 교정에서 만난 어느 여학생의 한껏 들린 고개를. 내뻗을 수 있는 최대치만큼 팔을 뻗어 꽃이 달린 나뭇가지에 가닿으려는 마음을 엿본다. 봄볕이 꽃을 향하는 여학생의 얼굴에 잔뜩 헤살을 놓고 있지만 아무렴 여학생의 손은 곧게 뻗은 채로 흔들림이 없다. 뒤꿈치가 들린 채 허공을 딛고 선 여학생의 모습은 정지된 화면처럼 한동안 유지된다. 그렇게 휴대폰 안으로 들어간 꽃잎들은 어디로 스며들어 갔을까. 프로필 사진으로 저장되었을까, 누군가에게 봄빛을 알리는 메시지가 되었을까. 나는 걸음을 멈추고 교정 안에 활짝 핀 겹벚꽃을 바라본다.

나는 오늘도 기억한다.

하관이 발달한 어떤 얼굴과 함께 했던 출장길을. 비

행기 안에서 잠자던 나의 귓불을 문지르던 그를 기억한다. 잠이 깨었지만 눈을 뜨지 못한 채로, 그 상황을 헤쳐 나갈 방법을 궁리하던 이십 대의 나를 기억한다.

스물여섯의 나는 강남구 신사동에서 작은 테이크아웃 커피전문점을 운영했었다. 파란만장한 이십 대를 지나는 중이었고, 검은 머리 외국인이 회장인 회사에서 회장의 비서 겸 마케팅 업무를 보다 회사를 막 때려치운 직후였다.

검은 머리 외국인이 회장인, 월급은 미국식으로 주고 일은 한국식으로 시키던 회사에서 나는 꽤 인정받는 사원이었다. 외국계 염모제와 헤어 제품군들을 수입해 유통하는 것에 아무것도 아는 게 없었지만 면접 때 나를 눈여겨본 상무님의 고집으로 나는 뭘 시켜도 쓸 데가 있는, 이른바 스페어(spare)로 발탁된 사원이었다. 나는 나를 믿어준 상무님의 바람대로 시키는 일을 쭉쭉 소화해냈고 시키지 않은 일까지 찾아서 처리했다. 그렇게 얼마간의 시간이 흐른 후 나는 회장을 보좌하는 업무를 맡게 되었다. 초고속 승진을 하게 된 것이었다.

나로 말할 것 같으면, 칭찬을 들으면 몸 안에서 핵융합 반응 같은 게 일어나는 부류라 잘한다고 치켜세워주면 넘치게 에너지를 방출해내는데 그걸 회장은 충분히 인지하고 있었는지도 모르겠다. 물론 동료들은 나를 좀 피곤해했고, 바로 위 여자 상사들은 더 피곤해했는데 그때 나는 그걸 알아차리지 못한 채 즐거운 회사 생활에 몰입해 있었다.

하지만 그 몰입도 그리 오래가지는 않았다. 내가 회장과 맞섰기 때문이었다. 회사를 그만두고 집에서 뒹굴고 있을 때 손 여사는 회장과 싸웠다는 내 말에 묻지도 따지지도 않고 당장 회사에 가서 싹싹 빌고 오라고 다그치기까지 했다. 하지만 나는 당시 마흔아홉 살이던 회장을 용서할 수가 없었다.

일이 터지기 전에, 계속해서 비슷한 전조가 있었던 것도 같은데 그때는 자신감과 무모한 용기가 내가 가진 전부였던 터라 눈치를 채지 못했다. 그런데 안마를 해달라는 전화를 받았을 때, 이상한 촉이 발동했다. 피할 수 있다면 피하고 싶은 기분이 강하게 나를 휘감았다. 나는 같이 출장 갔던 김 계장을 불러 함께 그 방으로 올라갔다. 나를 기다리고 있던 회장은 안마 받기를 좋아하는 어르신들처럼 예외 없이 팬티 차림으로 나를 맞았다. 나는 허걱, 소리를 냈고 그대로 몸을 돌려 문을 닫았다.

그리고 그것으로 회사 생활은 끝이 났다.

얼마간 시간이 흐르고 회사에서 사장으로 일하던 그의 아내가 보자고 연락을 해 왔다. 나는 두려울 게 없었으므로 당당하게 사장실을 찾았다.

사장이 측은하기까지 했던 나는 되도록 그녀가 상처받지 않는 선에서 차분하게 그날의 정황을 이야기해 나갔다.

이야기가 끝나고 당황한 쪽은 나였다.

"회장님은 그렇게 말씀하시지 않던데요."

라며 시작된 사장의 말 속 나는 거의 꽃뱀 수준이었다.

관용을 베풀 수 없게 된 나는 적잖이 흥분했고, 김 계장을 불러 대질을 하자고 우겼다. 하지만 그것도 좋은 선택은 아니었다. 기껏 불려 나온 김 계장은 그날 자신은 내 뒤에 서 있기만 해서 내가 한 말을 들은 게 전부라 자기가 회장이 진짜 팬티만 입고 있었는지는 알 길이 없다고 선을 그었다.

그게 다였다. 회사를 계속 다녀야 할 김 계장의 입장도 충분히 이해가 됐고, 자기기만에 빠진 사장의 마음도 이해가 안 되는 것도 아니었다.

하지만 그렇다고 그렇게 억울한 마음을 내리누르고 살 수는 없었다. 나는 도움을 줄 만한 곳을 찾았다. 여러 여성단체들에 메일을 보냈지만 내 상황을 적극적으로 이해하고 도움을 줄 만한 곳은 없었다.

우선 목격자가 필요하다고 했다. 이런 일에 목격자가 있기가 어려운 건 어린아이도 알 수 있을 터였다. 비슷한 피해를 입은 2인 이상이 함께 신고를 해야 무언가라도 시작할 수 있다고 했다. 그 당시 현실이 그랬다.

그렇게 나의 이십 대 중반에 선이 하나 그어졌다. 단순하고 용감했던 나는 누구 밑에서 일하는 것 자체가 끔찍한 일처럼 느껴졌고, 당시 세간에 화제가 되었던 『부자 아빠, 가난한 아빠』 세 권을 탐독하기에 이르렀다. 감동적인 독서 활동은 자영업을 하고자 하는 열망으로 옮겨 붙었고 곧 나는 그 일을 실천하게 되었다.

나는 당시 붐을 일으켰던 테이크아웃 커피전문점을 차리기로 결정하고 가게 자리를 보러 다녔다. 자주 다녔던 곳들부터 시작해 점점 영역을 넓혀갔다. 그렇게 몇 날 며칠을 다니다 적당한 곳을 발견했다. 신사동 강남시장 골목에 있는 건물 귀퉁이에 붙은 작은 가게였다. 일본 책을 팔던 가게였는데 이미 폐업한 지 오래라고 했다. 권리금이 없고 월세가 싼 게 결정적이었다.

이후 일주일간 가게 근처를 돌며 시간대별로 오가는 사람들을 분석했다. 성별, 연령별, 대강의 직업군까지 유추해가며 조사를 실시했다.

어설프긴 했지만 동분서주 바쁘게 꽉 채운 6개월이 지나고 나는 쁘리마베(Primave)라는 이름의 커피가게를 열었다.

가게는 작았지만 하나에서 열까지 제대로 하고 싶었다. 나는 여러 회사의 원두를 테스트했고 내 입에 제일 맞았던 이태리 브랜드인 '라바짜' 원두를 쓰기로 결정했다. 스타벅스 원두 900g이 코스트코에서 9,900원 할 때 라바짜 원두는 1kg에 44,000원이었으니 그 원두를 쓰는 것을 충분히 자랑할 만했다. 그 자부심은 가게 이름을 이태리어로 짓는 데까지 연결되었고, 며칠 동안 알지도 못하는 이태리어를 뒤지고 다녔다.

그러다 마음에 착 와닿는 한 단어가 있었는데, 그게 바로 '봄'이라는 의미의 '쁘리마베라(primavera)'였다.

발음도, 느낌도 좋았다. 그런데 가게 외벽에 붙일 작고 동그란 돌출간판에는 그 글자를 다 새겨 넣을 수 없었다. 당시 가게 인테리어 디자인을 해줬던 남자친구는 가장 아름다운 디자인이 되기 위해서는 철자 두 개는 포기해야 한다고 했다. 그의 조언대로 나는 맨 뒤에 붙은 '라(ra)'를 과감하게 빼버렸다. 그렇게 해서 가게 이름은

'PRIMAVE'가 되었다. '미완의 봄'이란 그럴 듯한 해석을
붙이고서 말이다.

가게를 한참 준비할 때 9·11이 터졌다. 가게 앞에는 그
랜드 오픈이라는 커다란 장막을 붙인 상태였다. 9월 15
일이면 몇 개월간 준비했던 가게도 오픈하는데, 세계 3
차 대전이라도 터지면 이대로 끝나는 것인가. 별별 생각
이 다 들었다. 다행스럽게도 미국 본토는 공격받았지만
나는 무사했고 가게는 예정대로 오픈할 수 있었다.

길을 향해 열어 놓은 창 앞에 앉아 나는 오가는 사람들
을 오래도록 바라보았다. 손님으로 찾아온 이들의 이름
을 기억하고 그들이 좋아하는 메뉴를 기억해 먼저 물어
보기도 했다. 명함통을 만들어 회장에게서 배웠던 시장
침투 방법을 활용하기도 했다. 그러면서 나는 가게 근처
에 민음사와 비룡소, 황금가지 같은 출판사가 있다는 걸
알게 되었다. 단골로 오는 손님들 중에는 연예인도 많았
지만 나는 그들보다 출판사 명함을 명함통에 넣고 가는

이들을 더 오래 쳐다보게 되었다.

내가 보냈던 수많은 바운스 백 쿠폰들을 타고 되돌아온 명함들. 피크 타임이 지나면 한가로이 음악을 듣거나 책을 읽으며 그 명함들을 살펴보곤 했는데, 그 시간이면 오래전 읽었던 동화들과 세계문학전집들을 떠올렸다. 손 여사가 매년 한 질씩 사주었던, 몇 년도 안 되어 노랗게 변색되었던 문고판 전집들도 기억해냈다. 어린 시절 갱지에 쓰고 지웠던, 내가 발음했던 수많은 단어들도 곱씹었다.

그리고 가게를 오픈한 지 꼭 십 년 만에, 나는 신사동으로 돌아와 민음사에 들어섰다. '김봄'이라는 이름으로 제5회 《세계의 문학》 신인상 공모에 당선이 되어 상을 수여받기 위해서였다.

"김봄 작가님 전화 맞는지요?"

당선 전화를 받았을 때에 나는 목동 작업실에서 명작 읽기 강독 스터디를 하던 중이었다. 누군가 내게 장난을 치는 것이라 생각한 것도 잠시, 심장이 쿵쾅대기 시작했다.

이제 그만하려고 했었다. 너무 지치기도 해서 문학하는 것을 그만두려고 할 참이었다. 목동에서 작은 학원이나 교습소 같은 걸 차려서 잘 키워볼 요량이었다. 자신도 있었다. 그렇게 방향을 정하고 나니 모든 게 수월하고 간단했는데, 그런데 바로 그때, 등단을 알리는 전화가 걸려온 것이었다. 공교롭게도 나는 다시 '미완의 봄' 속으로 들어가 창을 열고 세상을 보게 되었다. 김봄이 되어서.

내 이름 봄은 신록으로 찬란해지는 계절의 이름 봄이 아니라 '보다'에서 가져온 것이다. 물론 '보다'와 '봄'은 따로 떨어진 단어가 아니다. 봄이 따뜻한 온기가 다가오는 것을 가리키는 것이라 말하는 이들도 있지만, 따뜻해진 봄볕 가운데 만물이 생동하는 새 계절을 새롭게 보는 '새봄'을 봄의 근원으로 두는 이들도 있으니 말이다.

내가 하고많은 단어 중에서 '보다'에 가닿게 된 것은 다른 사람들보다 보는 것을 좀 더 잘하기 때문이다. 이런 걸 재주라고 할 수 있나 싶기도 하지만, 잘 보고 잘 기억하는 것은 누구보다 뒤지지 않는다고 자부할 수 있다. 보통 여자가 남자보다 화각이 더 넓다고 알려져 있는데 나는 여자들 중에서도 볼 수 있는 시야 폭이 좀 더 넓은 것 같다. 그리고 세세하게 잘 기억한다. 내가 본 것들, 내가 기억하는 것들, 그것들이 나를 '봄'이 될 수 있게 해주었다.

봄이 되고 나서 나는 내가 본 것들과 기억하는 것들, 그리고 곱씹었던 단어들을 가지고 놀고 있다. 감정의 과잉 상태에 놓였던 고단했던 지난 시간들을 고르고 얼러 글로 정리할 수 있는 건, 누군가는 누리기 힘든 사치에 가까운 행복일지 모른다. 여전히 글을 쓰고 있다는 것만으로도 나는 가장 확실한 행복을 누리고 있는 셈이다.

오늘도 나는 나에게 도착한 단어들을 정리한다. 새롭게 발표하는 단편마다 다섯 개의, 내가 쓰지 않던 단어들을 숨겨 두기로 했는데 벌써 서너 편을 그렇게 했다. 새로운 단어들을 활용해서 문장을 만드는 것은 이야기를 엮는 것과는 또 다른 재미가 있다. 아무도 알 길이 없는 이 놀이는 내가 작품을 쓰는 동안은 계속해서 진행될 것이다. 끝없는 말놀이, 끝말잇기만 한 행복이 없기 때문이다.

땅은 배신하지 않아

간절히 원하던 등단을 하고 나니 그동안 묵묵히 내 길을 지지해줬던 손 여사 부부에게 작은 선물이라도 하고 싶어졌다. 나는 손 여사 부부와 함께 가는 여행 계획을 세웠다. 그런데 아버지가 교통사고로 발가락을 다치는 바람에 함께 가지 못했다. 어쩔 수 없이 나는 손 여사와 단둘이 여행을 떠났다.

손 여사는 어딜 가나 밥을 잘 먹었고, 즐거워했다. 친구들에게 선물해야 한다며 선물도 많이 샀다. 여행지에서 만난 현지인들에게 준비해간 사탕도 나눠주었다. 그런대로 나쁘지 않은 여행이었는데, 여행 마지막 날 손 여사는 땅을 샀다는 이야기를 꺼냈다.

나는 그 이후로 1년 반이나 손 여사와 말을 섞지 않았다. 자식들이 조금씩 보태주는 돈이나, 집에서 생기는 돈을 잘 모아서 부부가 풍족하게 사는 거라면 아무 문제가 안 된다. 그런데, 땅이라니! 땅이라니!

손 여사에게는 땅과 집, 그리고 그와 관련한 등기에 대한 신념이 있다. 지나칠 정도로 강하다. 절대로 포기 못 하는 게 있다면 그것들이다. 이렇게까지 이야기할 것은 아니지만, 아마도 자식과 남편은 포기해도 그것들은 포기하지 못할지도 모른다.

젊은 손 여사 부부에게 이사를 다니는 것은 여간 어려운 일이 아니었다. 아이가 많은 집은 세를 얻기가 힘들었다. 하나둘도 아니고 셋넷도 아닌, 다섯이니 그럴 만도 하다.

그래서 손 여사 부부는 일찍 집을 샀다. 장기 융자를 껴서 산 집이었고, 그 집에서 오랫동안 살고 있다. 매년 집값이 올랐고, 전세금이 올랐다. 그 돈만으로도 여유가 생긴 적도 있었다. 서울살이 동안 집은 배신하지 않았다.

손 여사는 서초동이 비닐하우스 촌이었을 때, 누군가의 조언으로 투자를 해서 약간의 돈을 번 적이 있었다. 비닐하우스 촌이 있었던 동네는 개발지구로 선정되어 아파트가 들어섰고 그 덕에 손 여사는 땅에 투자를 하면 돈을 벌 수 있다는 것을 직접 체험으로 배우게 되었다.

내 기억으로는 돈을 번 것은 그때뿐이었는데도, 그 믿음이 흔들림 없이 유지되고 있다는 게 문제였다.

손 여사는 돈이 생길 때마다 약간의 땅을 샀던 모양이었다. 기획 부동산에 속은 것이 분명해 보였는데, 그래도 그게 아니라고 우겨댔다. 자초지종을 물으면, 나중에 너 집 짓고 살라고, 조용한 데서 글 쓰고 살라고, 그런 소리를 하면서 대답을 뭉갰다.

살면서 몇 번이나 집을 팔아야 할 만큼 어려운 고비가 많았지만 손 여사는 집을 포기하지 않았다. 경매가 들어온 적도 있었고, 전세 세입자들의 보증금을 제때 빼주지 못해서 소송을 당하기도 했었다. 이자에 이자까지 붙여

땅은 배신하지 않아

서 돈을 물어준 일도 있었다. 가족 모두가 그 문제를 해결하기 위해 많은 것을 포기해야 했다. 집의 가치보다 더 큰 돈이 몇 개의 등기 권리를 지키기 위해 그 밑으로 들어갔고, 더 많은 상처가 자식들의 마음에 남았다.

나는 공공연하게 절대 유산 상속은 받지 않을 것이라고, 남은 넷이서 알아서 하라고 말한다. 진짜 나는 그렇게 할 것이다. 물론 그렇게 말을 하고 옥탑에서 몇 년간 무상거주를 했지만 말이다. 이율배반처럼 느껴질지 몰라도 나는 정말 생각도 않고 있다.

하여튼 나는 손 여사 부부의 재산에는 이제 관심을 두지 않기로 했다. 전에는 손 여사가 돈 관리를 못하는 것 같아 화가 나고 속이 상한 적이 많았다.

하지만 이제 그렇지 않다. 어찌 되었든 그건 손 여사가 일군 재산이고, 손 여사의 돈이다. 내가 뭐라고 할 게 아니었다. 정말로.

오늘도 손 여사는 정부를 비판했다. 재산세가 얼마나 올랐는지 모른다고, 세금 때문에 죽게 생겼다고 말이다.

그러면서도 없는 돈을 모아 땅을 산다. 땅은 배신하지 않는다며 언젠가는 오를 거라고 믿는다.

나는 그런 삶에 반대한다. 미래에 성취될 이익 때문에 오늘을 저당잡혀 산다는 건 도저히 이해할 수가 없다.

손 여사는 지금도 나에게 집을 사두라고 말한다. 오피스텔 같은 거 어떠냐고 말이다.

매일이 다르게 오르는 걸 어찌 산단 말인가. 그런 꿈은 사실 손 여사 세대에서나 가능했던 것이었는데. 희망은 언제나 배신하기 마련이라는 냉소적인 이야기를 나누는 시대가 되었는데 말이다.

땅은 배신하지 않아

저마다 다른 하루의 속도

아버지는 풍치가 있다. 만성 치주염. 스트레스를 받으면 이부터 흔들린다.

내가 이십 대 중반이었을 때, 가족들에게 몇 가지 고통을 안긴 적이 있었다. 그때 손 여사는 온몸에 빨간 두드러기가 돋았고, 아버지는 앞니가 빠졌다. 지금 생각해도 내내 마음이 아픈 부분이다.

자식이 무너지는 것을 보고 절대 무심해질 수 없는 마음, 그게 바로 부모의 마음이었을 것이다.

물론 아버지는 오래도록 술을 즐겼다. 치아 관리를 잘못한 탓도 있었겠지만, 나는 아버지의 빠진 이에서 자유롭지 못하다.

아버지가 처음 쓰러져 병원에 입원해 있을 때, 나는 보았다. 틀니를 빼고 보니 아버지의 입은 속이 텅 빈 것처럼 쪼그라들어 있었다. 손 여사는 못 하겠다고 하여 내가 대신 매일 아버지의 메마른 입 안에 거즈를 넣고 닦아주었다. 쉴 새 없이 눈물이 쏟아졌다. 내가 아버지를 할아버지로 확 늙어버리게 한 것 같아 죄스러웠다.

아버지가 퇴원을 하자 이 치료에 대한 이야기가 형제들 사이에서 오갔다. 남동생은 임플란트를 해야 하니, 지금부터라도 매달 조금씩 돈을 모아 일정 금액이 모이면 이를 해드리자고 했다.

난 반대했다. 하루라도 빨리 해드리는 게 맞다고 생각했다. 아버지의 하루와 우리의 하루는 다르기 때문이다. 잘 씹고, 잘 삼키는 것이 사는 데 얼마나 중요한데.

우선 나는 아버지를 모시고 치과에 갔다. 견적이 생각보다 많이 나왔다. 형제들에게 1백만 원씩 내라고 했고, 나머지는 내가 내겠다고 했다. 형제들 모두가 따라주지는 않았지만 나는 아버지의 치과 치료를 시작했다.

7백만 원 정도 결제했을 때, 정부 정책이 바뀌었다. 어르신들 임플란트 치료에 보조금을 준다는 것이었다. 6

개월만 더 늦게 치료를 시작하지, 라고 말하는 이도 있
었다.

시간을 되돌린대도 나는 같은 선택을 할 것이다. 아
버지의 하루와 나의 하루는 전혀 다른 속도로 흘러가기
때문이다.

나도 열 살, 나의 엄마도 열 살

내가 열 살이었을 때, 손 여사는 마흔 살이었다. 무엇보다 나의 엄마 나이로도 열 살이었다. 물론 두 언니들이 있긴 하지만, 그래 봐야 엄마로 산 나이가 십여 년이었다.

엄마로 살기 시작하면서 손 여사도 수많은 시행착오를 겪었을 것이다. 나는 수없이 그걸 목격하며 자라왔고 매번 어떤 판단을 내려 그것을 평가하려 했다. 속으로도 겉으로도 야유를 보냈고 냉정한 표정으로 모진 말을 뱉어내기도 했었다.

밖에 나가서는 그런 기준으로 남을 보면 안 된다, 글을 쓰는 사람이 그런 선입견을 가져서는 안 된다고 말하면서도 이율배반적이게도 나는 손 여사에게는 엄격한 기준을 들이댔던 것이다.

딸로 산 지 사십여 년이 지나고 보니, 이제야 딸의 자리와 위치에 대해서 조금은 알 것 같다. 아직도 나는 손 여사에 대해 모르는 게 많다. 아직도 이해 못 하는 것들이 많다. 풀어야 할 것들도 많이 있다.

결혼 전에 그렇게 심하게 엄마와 감정싸움을 하던 둘째 언니가 결혼을 하고 아이를 낳고 나서 손 여사에게 살뜰해진 것을 보면, 완전히 그 위치에 가보지 않은 사람은 하지 못하는 생각들이 있는 것도 같다.

누구나 자기 역사 안에서 세상을 수용하는 법이니까.

가끔 육아에 대해 조언하는 내게 올케가 말한다.

"형님은 안 키워 보셨잖아요."

라고 말이다. 그러면 나는,

"나는 교육자야. 전문가라고."

말하지만, 다들 알 것이다. 속이 텅 비어 그런 말로 나를 방어한다는 걸 말이다.

아이를 낳아 키운다는 게 얼마나 신성하고 위대한 일

인지 잘 알고 있다. 친구들이 나를 부러워하는 만큼 나
역시 그들의 삶이 부럽다.

물론 나도 나대로, 엄마 역할을 하고 있기는 하다. 아
담과 바라의 엄마로 벌써 십여 년째 살고 있고, 충분히
만족한다.

고양이를 가족으로 받아들이고 고양이 집사로, 고양
이들의 엄마로 살아오면서, 나는 이 관계에 대해 수없
이 많이 고민하게 되었다. 이 두 고양이들에게 나는 어
떤 존재가 될 것인가.

손 여사가 그랬던 것처럼 책임과 의무가 따른다는 것
은 분명하다.

나는 어린 시절부터 손 여사 부부에게 크게 의존하지
않고 자랐다고 생각했다. 오래도록 나는 내 스스로가
자립심이 강하며, 의지가 분명하다고 자부해 왔었다.

하지만 그런 마음 자체도 손 여사 부부가 만든 울타리
안에서 부리는 호기에 불과하다는 걸 이제는 안다.

손 여사가 엄마가 되어가는 동안, 나 역시 딸이 되어 왔다. 아니, 손 여사가 '엄마'를 하는 동안, 나 역시 '딸'을 해왔다. 앞으로도, 나는 이 관계를 더욱 끈끈하게 이어 갈 것이다.

오랫동안 그랬던 것처럼.

인연

지난 1월, 나는 종로로 이사를 했다. 몇 년 만에 드디어 부모님 집에서 벗어나게 된 것이다.

그리고 이낙연 후보자를 밀착취재할 기회를 얻었다.

주변에서는 내게 성공한 덕후라고 했다. 맞다. 정말 성공한 덕후다. 나는 오랫동안 '이낙연'이라는 정치인에 대해 아주 깊은 호감을 가지고 있었으니 말이다.

내가 '이낙연'이라는 정치인에 관심을 가지게 된 것은 2005년도의 일이었다. MBC 주말 버라이어티 프로그램인 〈느낌표〉를 통해서였다. 〈느낌표〉 중의 '눈을 떠요' 코너를 보고 있는데 내 시선을 끄는 이가 있었다. 우직하게 말을 건네는 한 남자, 그리고 그의 '말'이었다.

당시 〈느낌표〉의 '눈을 떠요' 코너는 진행자와 가수들이 각막이식 현실을 알리고, 장기 기증 운동을 펼치는 선한 사회 운동을 표방했더랬다. 마침 진행자들은 국회를 방문했고 299명의 국회의원 중 104명의 국회의원이 서명을 했다. 여당이었던 열린우리당에서 77명(152명 중)의 의원이 서명을 했고, 한나라당에서는 22명(121명 중), 민주노동당에서는 3명(10명 중), 민주당에서는 2명(9명 중)이 참여했다.

열린우리당의 민병두 의원과 한나라당의 박형준 의원 등 여야 의원들이 함께 추진하는 운동이었고, 그 자리에는 민주당 이낙연 의원도 함께했다. 의원들이 돌아가며 한마디씩 소회를 밝혔고, 곧 이낙연 의원에게도 마이크가 돌아갔다.

"지난해 헌혈 캠페인에 이어 장기 기증에도 동참하게 돼 감회가 새롭습니다. 다만, 정치인의 장기도 받아줄지 두렵습니다."

세련되게 자신을 낮추는 이낙연 의원의 언사에 나는 탄복했다. '다만'이라는 부사어가 이렇게 적절하게 사용될 수 있다니! '정치인의 장기'라는 말로, 대중들이 인식하고 있는 정치혐오에 대해 충분히 인지하고 있음을, 이토록 유연하게 표현하다니 말이다.

순간의 재치와 임기응변이 능한 사람들은 우리 주변에서도 자주 발견되고 목격된다. 하지만 이낙연 의원이 준 웃음과 재치는 농도가 다른 것이었다. 깊이 관찰하고 반성하고 되새기는 사람만이 할 수 있는, 풍화작용을 거쳐 부드러운 곡선이 생긴 편마암처럼 단단하지만 아름다운 선을 느낄 수 있는 말이었다.

정치에 'ㅈ'도 몰랐던 나였지만 그 순간부터 나는 한 정치인에게 관심이 생겼다.

하지만 그 관심이라는 것은 대단치 않은 것이었다. 정치 집단 자체에 관심이 없었던 터라 잠시 눈여겨볼 정도였다. 그렇게 시간이 흘렀고 나는 '이낙연'이라는 정치인을 까맣게 잊고 지냈다.

그러던 2009년 어느 날, 나는 이낙연 의원을 우연찮게 만나게 되었다. 청계천변이 훤히 내다보이는 카페에서 친구들과 스터디를 하고 있던 차였다. 올덴버그의 '스프링' 앞에 세워진 가설무대 주변이 사람들로 복작거렸다. 무대 전면에는 파프리카 관련 행사를 알리는 현수막이 쳐져 있었다. 파프리카와 관련된 다양한 부스가 가설무대 양옆으로 차려졌고 홍보가 한창이었다. 지금처럼 파프리카가 일상적으로 소비되기 전이었다. 지방 어디에서 특화한 상품을 알리는가 보다 싶었다.

곧 가설무대 위로 오영실 아나운서가 올랐다. 이어 이낙연 의원이 연단에 올라 파프리카를 많이 사랑해달라고 요청했다.

'이낙연……!'

머릿속에 번뜩 이낙연 의원의 '말'이 떠올랐다. 나는 실제로 만나 인사를 나누고 싶었고, 그대로 자리를 박차고 뛰쳐나갔다. 그리고 사람들 속으로 섞여 들어갔다. 어느새 나는 '이낙연' 의원과 마주 섰고 두 손을 들어 보이며 응원의 메시지를 보냈다.

"의원님, 응원합니다."

언제 봤다고 이런 소리를 하는지 나는 참으로 넉살이
좋다.

그런데, 그때! 이낙연 의원이 빙긋 웃으며 나를 향해
말을 건넸다.

"원피스가 파프리카 색이네요."

잠깐의 인사였지만, 내 인생에 남길 몇 안 되는 인상
적인 장면이었다. 과하지도 부족하지도 않은 언사. 주
황색 원피스를 입고 있는 나를 행사와 연관시킨 이낙연
의원의 말에 나 역시 빙긋 웃음을 보였다.

친구들은 '정치인 오덕'은 처음 본다며, 본격 정치 소
설을 써보는 게 어떠냐고 말했다. 우리는 잠시 정치인
들의 이름을 입에 올리며 이야기를 나눴고 다시 우리가
고민하던 소설로 돌아갔다.

그렇게 정치인 이낙연은 내 삶에 소소한 이야깃거리
로 남을 줄로만 알았다.

인연

하지만 나는 우연한 기회에 정치인 이낙연을 다시 만나게 되었다. 종로로 이사를 온 이후였고, 제21대 국회의원 선거를 앞둔 시점이었다.

나는 십여 년 전에 파프리카 행사에서 뵈었다고 말을 꺼냈다. 그러자 후보자는 내게 '2009년입니다'라며 청계천에서 있었던 행사를 기억하고 있다고 말했다. 나는 후보자의 정확한 기억력에 놀랐다.

내가 글을 쓰기 위해 밀착취재를 하게 될 거라고 전하자 후보자는 잠시 말이 없었다. 나는 후보자가 어떤 말을 할까 그의 입만 주시하고 있었다.

곧 후보자는 차분하고 낮은 목소리로 이렇게 말했다.

"있는 걸 받아 적는 그런 것을 하려거든 하지 마세요. 제 페이소스를 이해하는 글이었으면 좋겠습니다."

그 말을 듣고, 나는 순간 얼음이 되었다.

페이소스라는 단어를 정치인의 입에서 듣게 될 줄은 몰랐다. 정치인들에 대해 많이 알고 있는 것도 아니었지만 이렇게 말하는 정치인은 처음이었다.

나는 이낙연의 '페이소스'를 어떻게 이해해야 할까.
고민이 깊어졌다.

손 여사와 김 작가 따로 또 같이

나는 손 여사에게 이낙연 후보자와 관련된 일을 하게 되었다고 알려줬다. 내 말을 들은 손 여사는

"다들 지금 정부 욕 안 하는 사람이 없는데. 이번엔 안 된다니까."

라며 고개를 저었다.

하지만 손 여사가 틀렸다. 4월 15일, 민주당은 압승을 거뒀다.

선거가 끝나고, 나는 손 여사를 만나러 갔다. 집에 두고 온 화분을 가지러 간 것이기도 했다. 손 여사는 오랜만에 왔다며 내가 주식처럼 먹는 과일을 잔뜩 사서 차에 실어줬다.

"내 말이 맞았잖아."

손 여사는 말이 없었다. 내가 민주당과 관련되어 있다

는 게 아무래도 신경이 쓰이는 모양이었다. 이어서

"재난지원금은 신청했어?"

라고 내가 묻자,

"그거 받았다는 사람이 없더라."

했다.

"그러게 내가 인터넷으로 신청해준다니까."

"직접 가서 받지 뭐, 귀찮게 뭘 그래."

"까먹지 말고, 응?"

내가 다시 묻자 손 여사는 아예 입을 닫아버렸다. 어쩌면 손 여사는 받을 생각이 없는지도 모른다.

"상품권 그거 받아서 뭐 해, 돈을 줘야지."

"뭘 하긴, 난 그걸로 빵도 사 먹고 과일도 사 먹는데."

내가 이렇게 말하자,

"누가 세 번이나 갔는데도 못 하고 왔다더라."

이런다.

"그러게 내가 인터넷으로 해준다니까."

라고 말하니,

"지금 재산세가 얼마나 올랐는지 알아? 그깟 돈 몇 푼

준다고 해결이 될 거 같아?"

우리는 이렇게 도돌이표 같은 이야기를 하고 또 했다.

같지만 다르고, 다르지만 같은 손 여사와 나.

이해하지 못하는 부분이 있더라도, 절대로 풀리지 못
할 부분이 있더라도 지금 우리의 관계를 나쁘다고 생각
하지 않는다.

어긋나면 어긋난 대로, 이어지면 이어진 대로

우리는 우리대로, 산다.

따로 또 같이.

좌파 딸을 부탁해

손 여사가 저녁이나 먹자고 전화를 걸어왔다. 뭔가 할 이야기가 있는 듯했다.

우리는 투 플러스 이상만 취급하는 한우 전문점으로 갔다. 손 여사는 재난지원금을 받자마자 내게 연락한 것이라고 했다.

우리는 고기를 마시듯 먹고 나서 손 여사가 친목계원들과 자주 간다는 호프집으로 자리를 옮겼다. 거기서 손 여사는 키위주스 두 잔을 시켰다. 앞의 백화점에는 물을 엄청 타는데, 여기는 키위만 갈아서 준다며 나보고 후루룩 마시란다.

한 모금 삼켰는데 약간 상한 키위 맛이 났다. 나는 그대로 잔을 내려놓고 더 이상 주스를 먹지 않았다.

"이게 다 돈국이다. 먹어."

그래도 난 먹지 않았다. 결국 손 여사가 내 잔에 있던 주스까지 다 마셨다.

"옥상 좀 고쳐줄 테니 다시 들어와라."

"이제 안 들어갈 거야."

나는 고개를 저었다.

"그래도 들어와. 누구 세입자 받는 것도 그렇고."

나는 절대 들어가지 않겠다고 선을 그었다. 집으로 가야 한다고 일어서자 손 여사는 집에 들러 뭘 가져가라고 했다. 그리고 어디서나 살 수 있는 치약과 샴푸, 유정란 같은 걸 싸줬다.

손 여사는 여전히 보수다. 앞으로도 계속 그럴 것이다. 손 여사가 보수라고 해서 내가 엄마 취급을 안 할 것인가? 손 여사 역시도 내가 진보 딸이라고 해서 딸 취급을 안 할 것인가? 그렇지는 않을 것이다.

나는 보수 부모의 돈으로 자랐다. 그 돈으로 학원에 다녔고, 책을 사 읽었다.

손 여사는 매년 몇백 권씩 되는 책을 사줬고, 종이를 아끼지 않고 쓰고 그릴 수 있도록 해줬다.

지금도 여전히 손 여사는 내 입으로 들어가는 것을 걱정하고, 내가 어떻게 자리를 잡을 것인지를 걱정한다. 짜증을 내기도 하지만 꽤 오랫동안 나의 고양이들도 봐줬다. 어디 나가서 허풍선이가 될까 봐 언제나 확실한 것만 말하라고 뼈 아픈 조언도 해준다. 그러면서도 내가 잘한 것은 잘했다고 칭찬을 아끼지 않는다.

그 덕에 나는 진보의 가치를 접했고, 진보적으로 사고하게 되었다. 다르지만 다른 모습 그대로 함께할 수 있다는 것도 잘 알게 되었다.

모두 다 손 여사 덕분이다.

그러니 엄마, 앞으로도 나를 잘 부탁해.

좌파 딸을 부탁해

작가의 말

엄마에게 곧 책이 나온다고 알렸다. 그리고 이런저런 이야기를 담았다고 몇 개의 에피소드를 귀뜸해 주었다. 엄마는 눈을 질끈 감으며, 자기 이름을 빼달라고 했다. '손 여사'라고 하면 사람들이 다 알게 될 거라고 말이다. 사실 나도 여러 가지가 걱정이 되었다.

작년 여름, 프랑스에 갈 일정이 있었고 엄마에게 아담과 바라를 부탁해야 했다. 그때 엄마와 나눈 이야기를 페이스북에 올렸는데, 많은 관심을 받았다. 부끄럽지만 엄마와 나의 이야기를 해보는 것도 나쁘지 않을 거라는 생각이 들었다. 무모한 용기가 감히 책을 내는 데까지 이르게 된 것이었다.

처음에는 내가 글을 쓰고 엄마가 그림을 그리는 방식으로 책을 내려고 했지만 쉽지 않았다. 엄마에게 여러 번 이야기를 했지만, 어디 앉아서 가족들의 모습을 그리고 있을 여유가 엄마에겐 없었다. 그래서 내가 전체 글을 쓰게 되었다.

몇 번이나 원고를 엎었다. 몇 가지 마음에 걸리는 것들은 교정 과정에서 고민을 거듭한 끝에 빼버렸다. 내가 내놓은 이야기가 가족들에게 상처가 되지 않을까 걱정이 되어서였다.

가장 고민이 많았던 건, 내가 과연 얼마나 솔직해질 수 있는가 하는 문제였다. 또 내 이야기가 남들이 들어줄 정도로 궁금한 것일까 하는 것도 오래도록 나를 무겁게 했다.

확언할 수 있는 것은 선택과 배열을 조정한 것이긴 해도, 내가 선택한 부분들에 대해서는 할 수 있는 최대한 정직하려고 노력했다는 점이다.

원고를 고치는 와중에도 나는 여러 번 눈물을 흘렸다. 젊었던 아버지와 어머니가 겪었을 순간들을 떠올리자

작가의 말

니 마음이 자꾸 먹먹해졌다.

나는 참 운이 좋은 사람이다. 지금껏 부모님은 내가 하는 모든 것들을 지지하고 아껴주셨다. 나는 그 누구와도 나누지 못했던 마음이다. 앞으로도 나는 그 지지와 응원으로 건강하고 단단하게 살아나갈 것이다. 그리고 그 마음을 나누려고 노력할 것이다.

부디 내 글이 두 분에게 짐이 되지 않기를 바란다.

오래도록 모난 내 마음을 지켜봐준 형제들에게도 감사를 전한다. 긴 시간 출판에 대해 고민을 나눈 김성규 대표, 김은경 편집장, 그리고 김동선 디자이너에게도 고마움을 전하고 싶다.

무엇보다도 누군가의 어머니이며, 누군가의 딸인 당신들과 함께 내게 충만했던 그 마음들을 나누고 싶다. 좌파와 우파 모두, 우리 모두.

좌파 고양이를 부탁해

2020년 8월 10일 1판 1쇄 펴냄
2020년 10월 7일 1판 9쇄 펴냄

지은이   김봄

펴낸이   김성규

편집   김은경 미순 조혜주

그림   김동선

펴낸곳   걷는사람

주소   서울특별시 마포구 월드컵로 16길 51 서교자이빌 304호

전화   02 323 2602

팩스   02 323 2603

등록   2016년 11월 18일 제25100-2016-000083호

ISBN   979-11-89128-82-1

979-11-89128-13-5 [04800] 세트

* 이 도서는 한국출판문화산업진흥원의 '2020년 우수출판콘텐츠 제작 지원'
 사업 선정작입니다.
* 이 책 내용의 전부 또는 일부를 재사용하려면
 반드시 지은이와 출판사의 동의를 얻어야 합니다.
* 잘못된 책은 교환해 드립니다.
* 이 책의 국립중앙도서관 출판시도서목록(CIP)은
 서지정보유통지원시스템 홈페이지 (http://www.seoji.nl.go.kr)와
 국가자료공동목록시스템 홈페이지
 (http://www. nl.go.kr/kolisnet)에서 이용할 수 있습니다.
 (CIP제어번호:2020031944)